Bazile & Plessix

"Les Forell"

Gelda

COULEUR
Anne-Marie d'Authenay

DARGAUD
EDITEUR
PARIS · BARCELONE · BRUXELLES · LAUSANNE · LONDRES · NEW YORK · STUTTGART

«Loi n° 49-956 du 16 Juillet 1949
sur les publications destinées à la jeunesse.»

Dépôt légal : Mars 1997
ISBN 2-205-04296-3

Imprimé et relié en C.E.E.
par ***Partenaires-Livres***®
en Février 1997

ARRIVÉES
SOFIA
VIENNE
MÜNICH
23h 27 PARIS 1ère et 2e classe 5
23h 32 SOFIA 1ère et 2e classe 4
23 35
Billetter
1ère et 2ème classe
HEP!
BAZILE & PLESSIX
GELDA
CAFÉ DES PLANTES
BIN QUOI MA P'TITE DAME ?! JUSTE UNE P'TITE PIÈCE, QUOI...

TABACS JOURNAUX
KLING
CHTTT!
TONG
FAIS GAFFE! MOINS DE BRUIT!
clik
BLANG
MERDE!!
BALANG
AÏE!
BENG
QU'EST-CE QUI SE PASSE ? ATTENDS, JE RALLUME LA MINUTERIE...
C'EST BIENTÔT FINI CE VACARME ?!! IL Y A DES GENS HONNÊTES QUI DORMENT ICI !!
clik
VITE! DÉGAGEONS !!
LA PENDULE DE TANTE SIMONE!!

TU COMPRENDS, C'EST TOUT CE QUI LUI RESTAIT DE SON MARI. LE LENDEMAIN DE LEURS NOCES, IL EST PARTI CHERCHER DES CROISSANTS. IL N'EST JAMAIS REVENU ...
UN HOMME SENSÉ EN FAIT ...
REMARQUE, ELLE AURAIT DÛ SE DOUTER DE QUELQUE CHOSE. ON NE SORT PAS FAIRE DES COURSES AVEC SA VALISE SOUS LE BRAS...
ALLEZ ACTIVE UN PEU !
VRRR
Pêt
BEN DIS DONC POUR LE DÉMÉNAGEMENT DISCRET ON REPASSERA ...
HO! ÇA VA! SI T'AVAIS PAYÉ TES SIX DERNIERS MOIS DE LOYER, ON N'EN SERAIT PEUT-ÊTRE PAS LÀ!
SI T'ÉTAIS PAS VENU SQUATTER CHEZ MOI T'EN SERAIS PEUT-ÊTRE PAS LÀ NON PLUS !...
BON. OÙ ON VA MAINTENANT?
'SAIS PAS!
VRRRRR
Pêt
TIENS, SI ON ALLAIT CHEZ CAMILLE? APRÈS TOUS CES DOUX MOMENTS PASSÉS ENSEMBLE, ELLE NE PEUT PAS ME REFUSER ÇA!
MAIS, JE CROYAIS QUE...
HÉ! FAIS-MOI CONFIANCE!
OUAIS!! ON SAIT OÙ ÇA MÈNE... ENFIN, OK.
ELLE A TOUJOURS AIMÉ LES SURPRISES...
AAAAAAH!... DÉLICIEUSE CAMILLE...

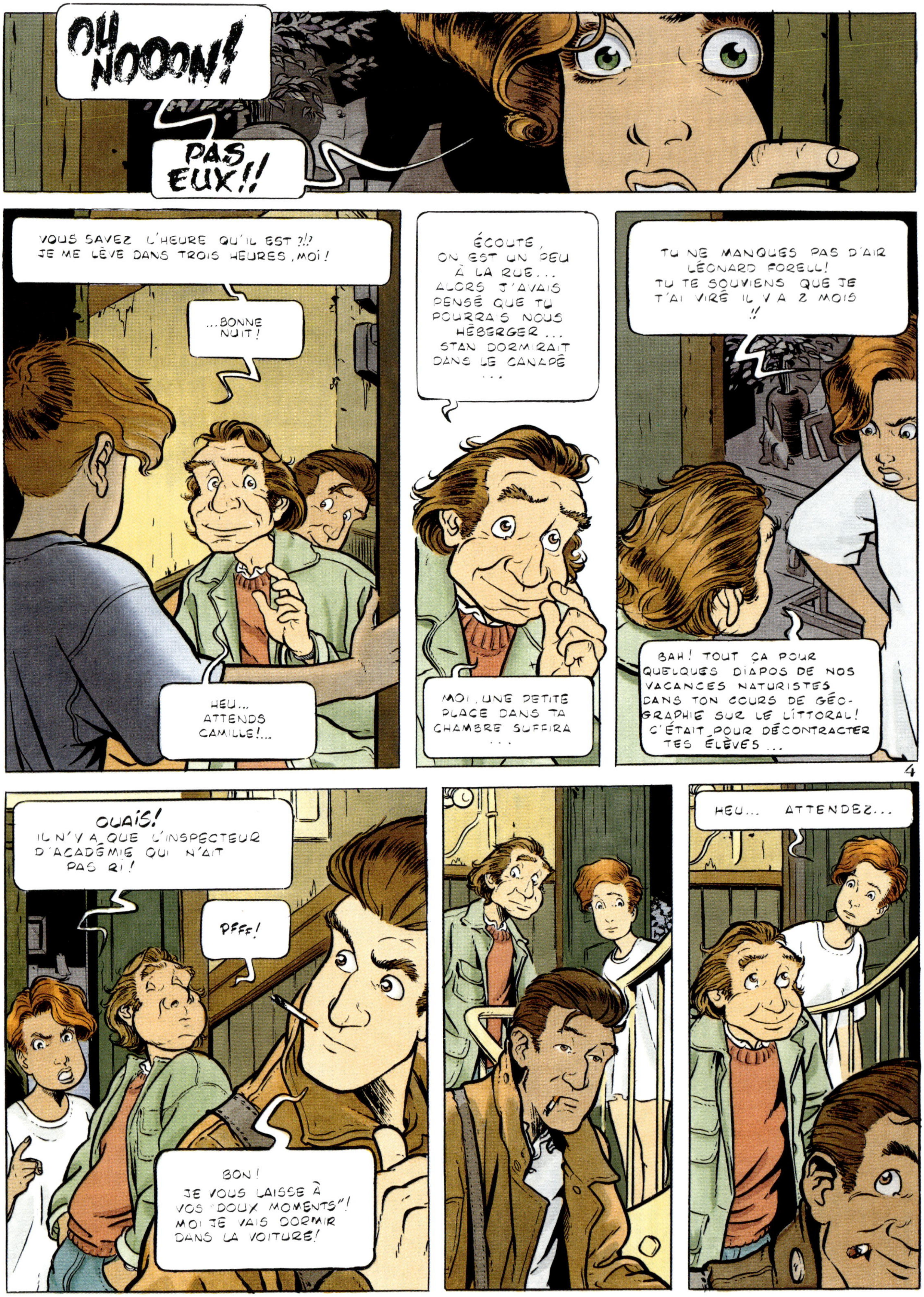
OH NOOON!
PAS EUX!!
VOUS SAVEZ L'HEURE QU'IL EST ?!? JE ME LÈVE DANS TROIS HEURES, MOI!
...BONNE NUIT!
HEU... ATTENDS CAMILLE!...
ÉCOUTE, ON EST UN PEU À LA RUE... ALORS J'AVAIS PENSÉ QUE TU POURRAIS NOUS HÉBERGER... STAN DORMIRAIT DANS LE CANAPÉ...
MOI, UNE PETITE PLACE DANS TA CHAMBRE SUFFIRA...
TU NE MANQUES PAS D'AIR LÉONARD FORELL! TU TE SOUVIENS QUE JE T'AI VIRÉ IL Y A 2 MOIS !!
BAH! TOUT ÇA POUR QUELQUES DIAPOS DE NOS VACANCES NATURISTES DANS TON COURS DE GÉOGRAPHIE SUR LE LITTORAL! C'ÉTAIT POUR DÉCONTRACTER TES ÉLÈVES...
4
OUAIS! IL N'Y A QUE L'INSPECTEUR D'ACADÉMIE QUI N'AIT PAS RI!
PFFF!
BON! JE VOUS LAISSE À VOS "DOUX MOMENTS"! MOI JE VAIS DORMIR DANS LA VOITURE!
HEU... ATTENDEZ...

BON DITES-MOI, C'EST QUOI VOTRE PROBLÈME ?
BEN VOILÀ, ON S'EST TROUVÉS FACE À UN DILEMME CORNÉLIEN: NOS CLIQUES ET NOS CLAQUES...
OU LES HUISSIERS DEMAIN À L'AUBE...
LE CHOIX N'A PAS ÉTÉ TROP DIFFICILE !!
HUM...
C'EST BON! MONTEZ !
MAIS SILENCE, HEIN! JE NE SUIS PAS SEULE ET IL A LE SOMMEIL AUSSI MAUVAIS QUE LE CARACTÈRE ! J'AIMERAIS QU'IL VOUS IGNORE LE PLUS LONGTEMPS POSSIBLE...
VOYONS CAMILLE! TU NOUS CONNAIS !
JUSTEMENT...
VOILÀ, INSTALLEZ-VOUS LÀ-DEDANS. ON VERRA DEMAIN COMMENT ON PEUT S'ARRANGER MIEUX...
TU VOIS. JE T'AVAIS BIEN DIT QU'ELLE AVAIT UN SENS DE L'HOSPITALITÉ SANS PAREIL...
POC
C'EST CLAIR! ALLEZ, BONNE NUIT
5
BONNE NUIT STANISLAS.
...N'EMPÊCHE, QUELQUES MARCHES PLUS BAS ET ON VOYAIT TOUT SOUS SON TEE-SHIRT...

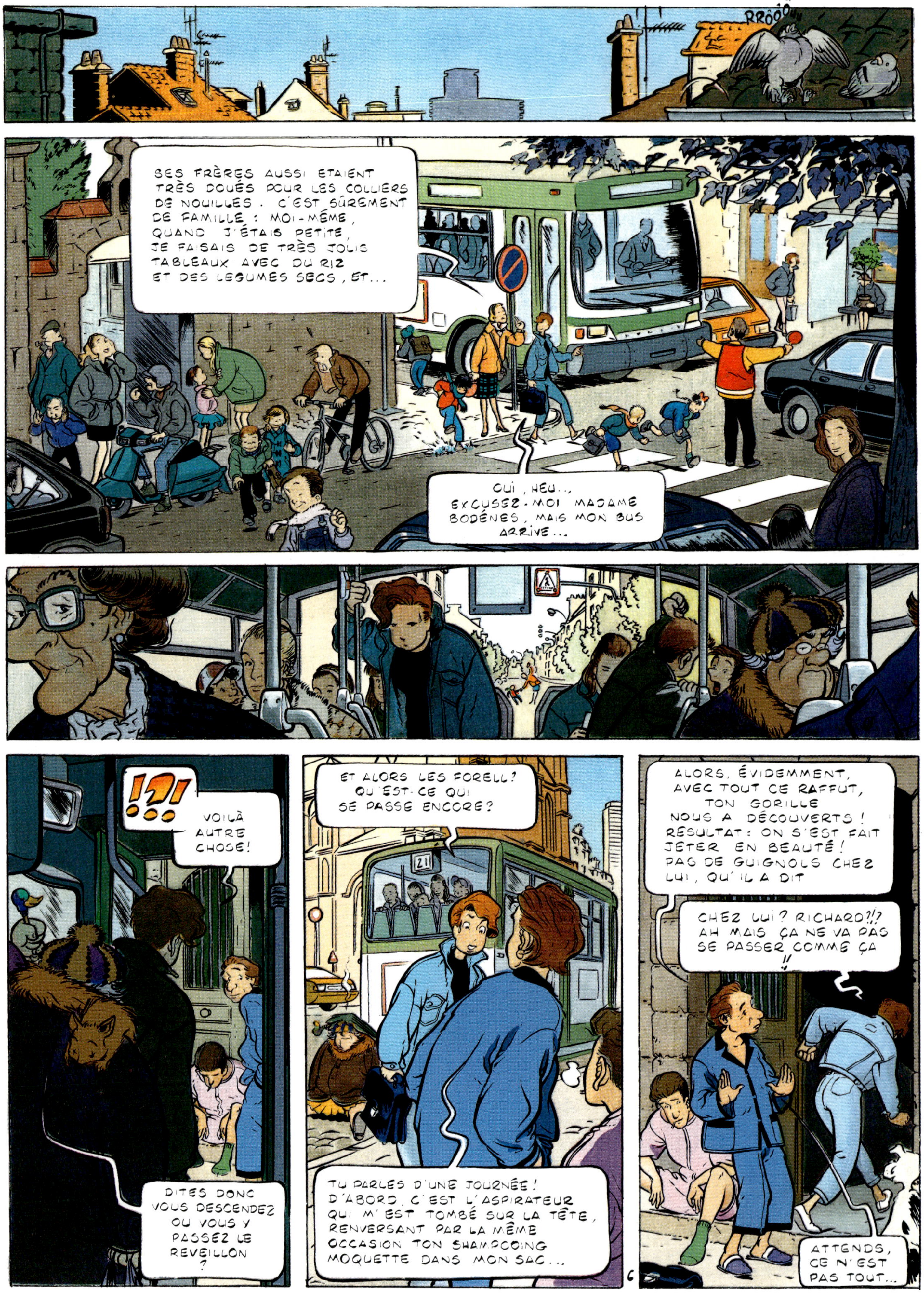
RRÔÔÔUU
SES FRÈRES AUSSI ÉTAIENT TRÈS DOUÉS POUR LES COLLIERS DE NOUILLES. C'EST SÛREMENT DE FAMILLE : MOI-MÊME, QUAND J'ÉTAIS PETITE, JE FAISAIS DE TRÈS JOLIS TABLEAUX AVEC DU RIZ ET DES LÉGUMES SECS, ET...
OUI, HEU.., EXCUSEZ-MOI MADAME BODÈNES, MAIS MON BUS ARRIVE...
!?!
VOILÀ AUTRE CHOSE!
DITES DONC VOUS DESCENDEZ OU VOUS Y PASSEZ LE RÉVEILLON ?
ET ALORS LES FORELL? QU'EST-CE QUI SE PASSE ENCORE?
21
TU PARLES D'UNE JOURNÉE! D'ABORD, C'EST L'ASPIRATEUR QUI M'EST TOMBÉ SUR LA TÊTE, RENVERSANT PAR LA MÊME OCCASION TON SHAMPOOING MOQUETTE DANS MON SAC...
ALORS, ÉVIDEMMENT, AVEC TOUT CE RAFFUT, TON GORILLE NOUS A DÉCOUVERTS! RÉSULTAT: ON S'EST FAIT JETER EN BEAUTÉ! PAS DE GUIGNOLS CHEZ LUI, QU'IL A DIT
CHEZ LUI? RICHARD?!? AH MAIS ÇA NE VA PAS SE PASSER COMME ÇA !!
ATTENDS, CE N'EST PAS TOUT...

HOULÀ... CA VA BARDER... ELLE M'A L'AIR PARTICULIÈREMENT REMONTÉE CAMILLE AUJOURD'HUI!..
ENCORE CE CHIEN ?!?
DROGUERIE
WAF WAF
DROGUERIE
PLOF!
ALLEZ! VA CHERCHER!
ET JE TE CONSEILLE DE NE PLUS JAMAIS REMETTRE LES PIEDS ICI!
Y'A PAS DE RISQUE! DES POUFFIASSES COMME TOI, JE M'EN TAPE DIX D'ICI CE SOIR!
DROGUERIE
BON! LES FORELL! VOUS MONTEZ OU QUOI ?!?
SALOPE!! DES COSTUMES DE CHEZ BOYADJIAN!
WOUF
TUUT!
QUANT À VOUS LES DEUX GUIGNOLS NE VOUS AVISEZ PAS DE VOUS REMETTRE SUR MON CHEMIN!
JE ME DEMANDE VRAIMENT OÙ CAMILLE A ÉTÉ DÉNICHER UN BLAIREAU PAREIL ?!
EXCUSEZ-MOI MESSIEURS, MAIS LES CHIENS DOIVENT ETRE TENUS EN LAISSE DANS L'IMMEUBLE...
QUELS CHIENS?
PSCHTTT! TU RESTES LÀ, TOI!

HÉ CAMILLE ! TOUT À L'HEURE ON N'A PAS EU LE TEMPS DE TE RACONTER LA SUITE...
OUAIS ! ON S'EST FAIT TIRER LA VOITURE AVEC TOUTES NOS AFFAIRES DEDANS. LA PENDULE DE TANTE SIMONE...
ET SURTOUT MON ROMAN ! IL ÉTAIT PRESQUE FINI ! UNE PURE MERVEILLE ! DIGNE DE TARAUDE ET GOBBE-MILLET !!
DIEU MERCI, J'AVAIS MONTÉ MA VIOLE DE GAMBE ICI, HIER SOIR...
CAMILLE ? TU ES LA ?
MEME PAS DESACCORDÉE !!
CAMILLE ?!
GRINÇ
CAMILLE, HEU...
ÇA VA ?
MAIS MERDE À LA FIN ! J'AI ROMPU, LÀ !!
ALLONS, NE TE METS PAS DANS DES ÉTATS PAREILS ! APRÈS TOUT, C'ÉTAIT UNE VIEILLE VOITURE POURRIE !
POURRIE ?!? MOINS QUE TON ROMAN !!
MADEMOISELLE CAMILLE ?
JE VOUS AI FAIT DES PETITS PÂTÉS ...
ATTENTION NE LES MANGEZ PAS TOUT DE SUITE ! ILS SONT ENCORE CHAUDS !

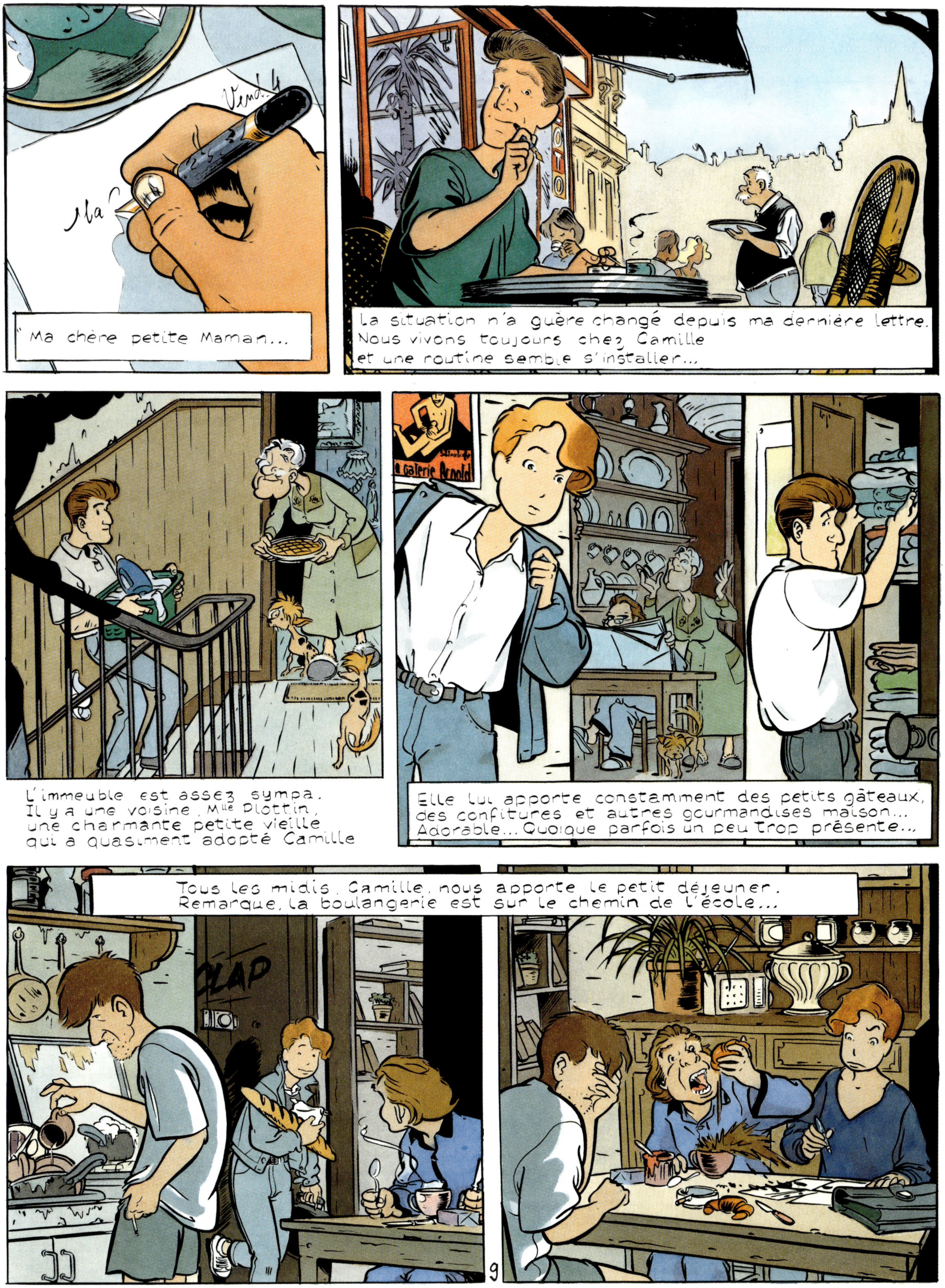
"Ma chère petite Maman...
La situation n'a guère changé depuis ma dernière lettre. Nous vivons toujours chez Camille et une routine semble s'installer...
L'immeuble est assez sympa. Il y a une voisine, Mlle Plottin, une charmante petite vieille qui a quasiment adopté Camille
galerie Arnold
Elle lui apporte constamment des petits gâteaux, des confitures et autres gourmandises maison... Adorable... Quoique parfois un peu trop présente...
Tous les midis, Camille nous apporte le petit déjeuner. Remarque, la boulangerie est sur le chemin de l'école...
CLAP

À part ça, Papa se remet à la réécriture de son roman. Enfin, quand je dis "réécriture"... Il y réfléchit beaucoup... Enfin, quand je dis qu'il y réfléchit... Tu sais comment il est, il ne changera jamais...
Ah si justement!
SPÔ
Il s'est mis à faire du sport! Finie la nostalgie des salles de rédaction enfumées?
Toujours est-il qu'il part toutes les fins d'après-midi en jogging, faire du foot avec des copains...
SNIF
GRRR
... à ce qu'il dit...
WAH WAH
et ça lui réussit! À son retour, il est de bien meilleure humeur!

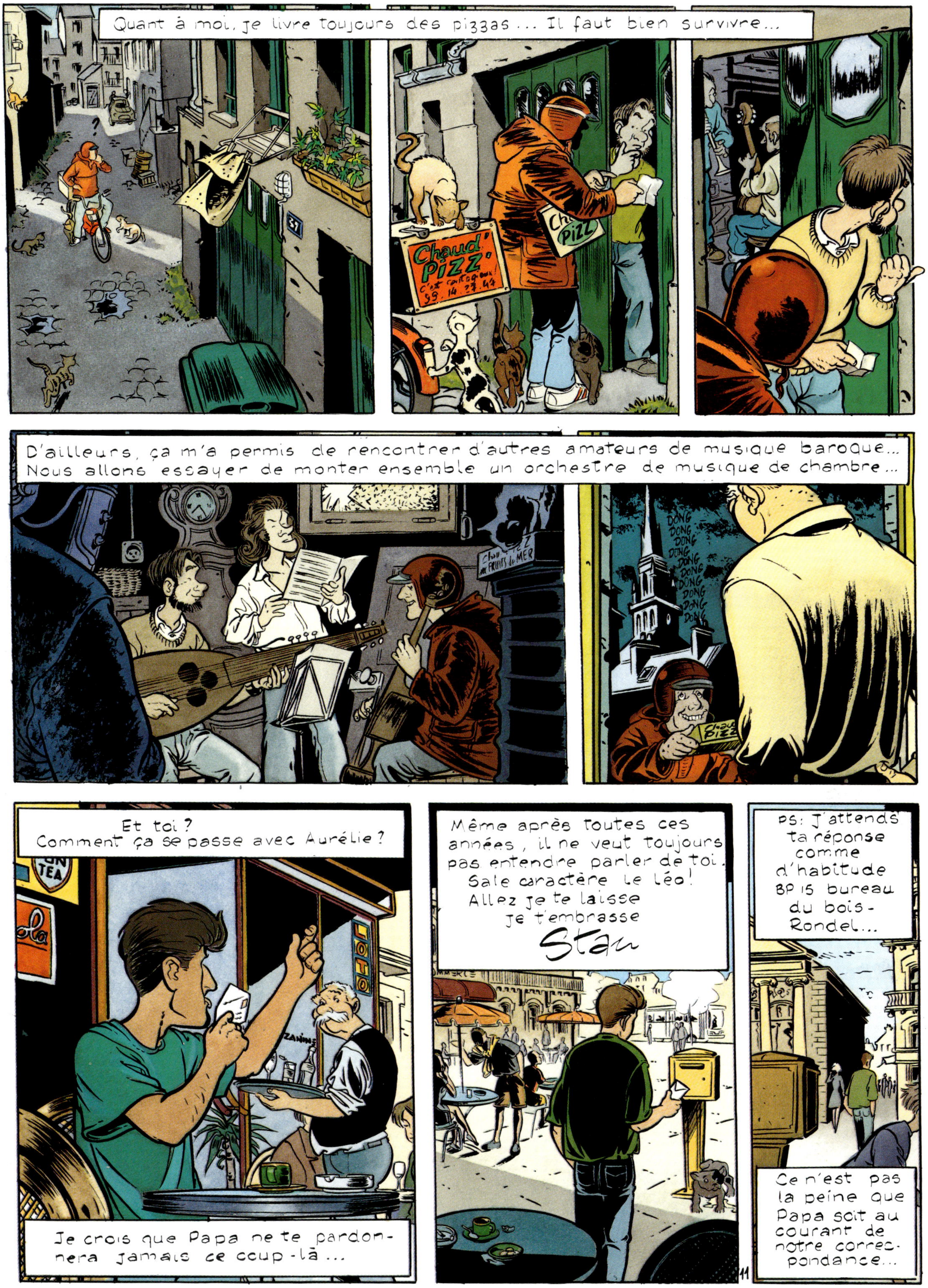

Quant à moi, je livre toujours des pizzas... Il faut bien survivre...
Chaud' Pizz'
D'ailleurs, ça m'a permis de rencontrer d'autres amateurs de musique baroque... Nous allons essayer de monter ensemble un orchestre de musique de chambre...
DONG DONG DONG DONG DONG DONG DONG DONG DONG
Et toi ? Comment ça se passe avec Aurélie ?
LOTO
Je crois que Papa ne te pardonnera jamais ce coup-là...
Même après toutes ces années, il ne veut toujours pas entendre parler de toi. Sale caractère le Léo ! Allez je te laisse je t'embrasse
Stan
PS: J'attends ta réponse comme d'habitude BP 15 bureau du bois-Rondel...
Ce n'est pas la peine que Papa soit au courant de notre correspondance...

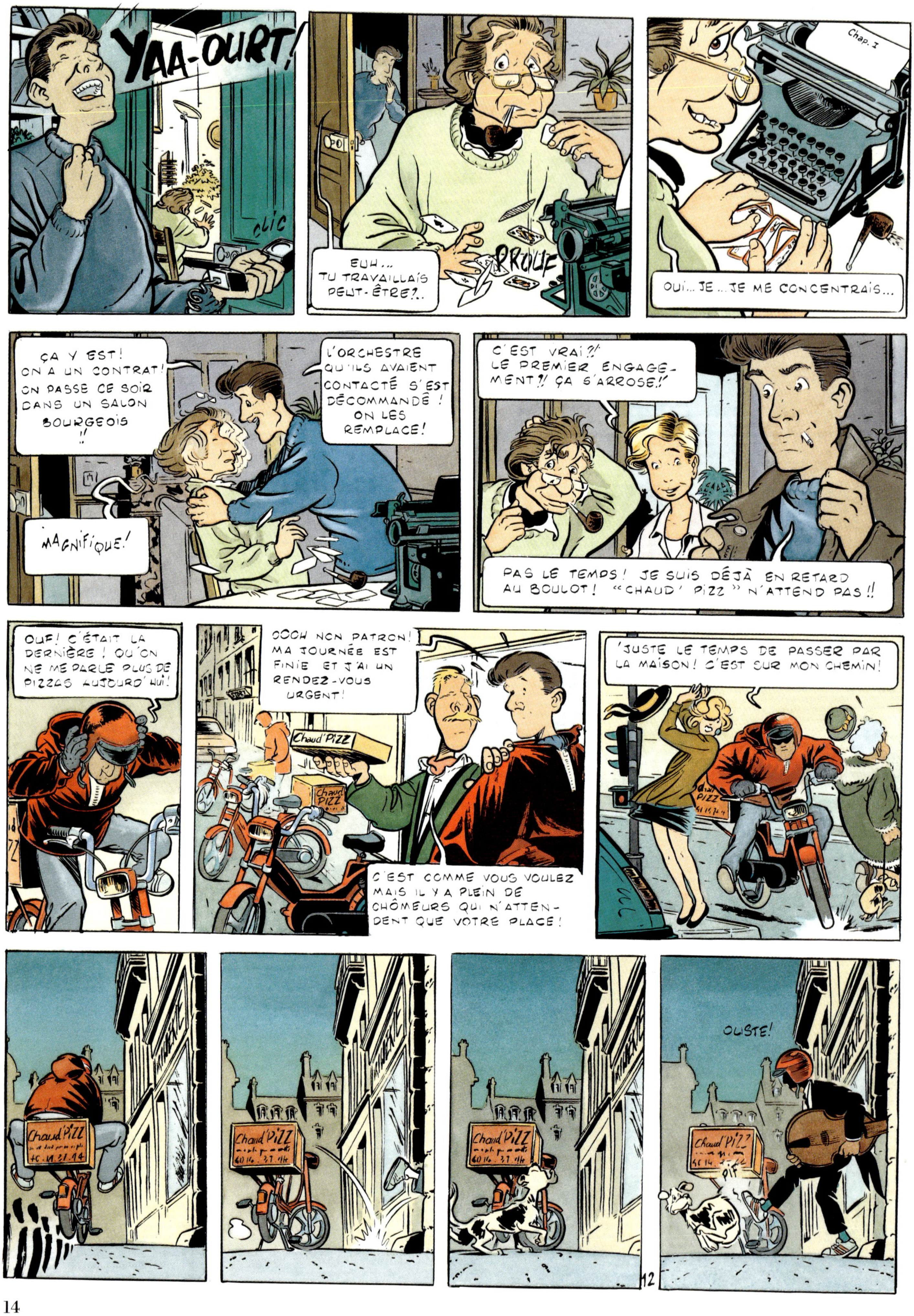
YAA-OURT!
CLIC
EUH... TU TRAVAILLAIS PEUT-ÊTRE?..
PROUF
Chap. I
OUI... JE... JE ME CONCENTRAIS...
ÇA Y EST! ON A UN CONTRAT! ON PASSE CE SOIR DANS UN SALON BOURGEOIS !!
L'ORCHESTRE QU'ILS AVAIENT CONTACTÉ S'EST DÉCOMMANDÉ! ON LES REMPLACE!
MAGNIFIQUE!
C'EST VRAI?! LE PREMIER ENGAGEMENT?! ÇA S'ARROSE!
PAS LE TEMPS! JE SUIS DÉJÀ EN RETARD AU BOULOT! "CHAUD' PIZZ" N'ATTEND PAS!!
OUF! C'ÉTAIT LA DERNIÈRE! QU'ON NE ME PARLE PLUS DE PIZZAS AUJOURD'HUI!
OOOH NON PATRON! MA JOURNÉE EST FINIE ET J'AI UN RENDEZ-VOUS URGENT!
Chaud'PIZZ
C'EST COMME VOUS VOULEZ MAIS IL Y A PLEIN DE CHÔMEURS QUI N'ATTENDENT QUE VOTRE PLACE!
JUSTE LE TEMPS DE PASSER PAR LA MAISON! C'EST SUR MON CHEMIN!
Chaud'PIZZ
Chaud'PIZZ
Chaud'PIZZ
OUSTE!
Chaud'PIZZ
PIF

12

LA PIZZA N'AURA MÊME PAS REFROIDI!
Chaud Pizz
CRASH
DLING SMASH
?
ALORS CE CONCERT? VOUS AVEZ CASSÉ LA BARAQUE?
HEU... LA BARAQUE, PAS VRAIMENT!
TU PEUX ME PASSER LA PAGE DES OFFRES D'EMPLOI?
?!
Libé

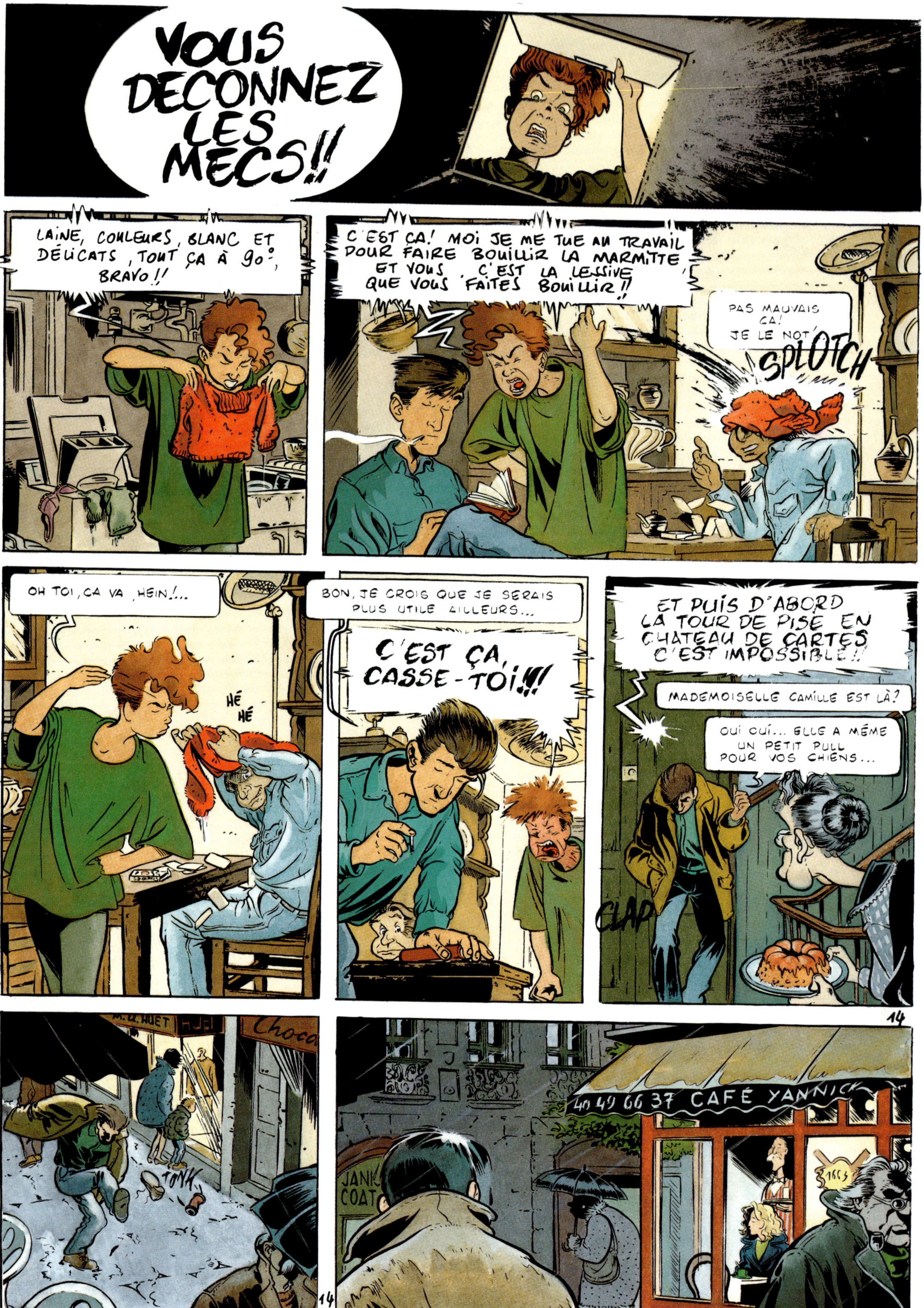
VOUS DECONNEZ LES MECS!!
LAINE, COULEURS, BLANC ET DÉLICATS, TOUT ÇA À 90°, BRAVO!!
C'EST ÇA! MOI JE ME TUE AU TRAVAIL POUR FAIRE BOUILLIR LA MARMITTE, ET VOUS, C'EST LA LESSIVE QUE VOUS FAITES BOUILLIR!!
PAS MAUVAIS ÇA! JE LE NOT'
SPLOTCH
OH TOI, ÇA VA, HEIN!...
HÉ HÉ
BON, JE CROIS QUE JE SERAIS PLUS UTILE AILLEURS...
C'EST ÇA, CASSE-TOI!!!
ET PUIS D'ABORD LA TOUR DE PISE EN CHATEAU DE CARTES C'EST IMPOSSIBLE!!
MADEMOISELLE CAMILLE EST LÀ?
OUI OUI... ELLE A MÊME UN PETIT PULL POUR VOS CHIENS...
CLAP
TONK
40 49 66 37 CAFÉ YANNICK

Telephone
Phomaton
37
CK 40.49.6
CAFÉ YANNICK ? HEU... J'AI RENDEZ-VOUS CHEZ VOUS AVEC UNE JEUNE FEMME ET JE SUIS EN RETARD... ELLE EST BLONDE, LES CHEVEUX MI-LONGS ET ELLE DOIT AVOIR UN IMPERMÉABLE ET UNE VALISE...
AH! LA JEUNE DAME AVEC UN ACCENT ALLEMAND ? VOUS AURIEZ DÛ COMMENCER PAR LÀ ...
A... ALLÔ ?

NON! NE RACCROCHEZ PAS!! JE... JE PASSAIS DANS LA RUE ET JE VOUS AI VUE... VOUS AVIEZ L'AIR SI DÉSEMPARÉE, SI SEULE... BREF, J'AI... JE N'AI TROUVÉ QUE CETTE FAÇON DE VOUS ABORDER...
MAIS, OÙ ÊTES-VOUS?!
JE VOUS APPELLE DE LA CABINE D'EN FACE...
OH! JE N'AI PLUS D'UNITÉS SUR MA CARTE! ÉCOUTEZ HEU... JE VAIS VOUS PARAÎTRE RAPIDE MAIS, HEU... J'AIMERAIS BIEN PRENDRE UN CAFÉ AVEC
TUT TUT!
PUTAIN DE BORDEL DE MERDE
TOC TOC
BOM
AH! ENFIN! J'AI CRU QUE VOUS ALLIEZ Y PASSER LE RÉVEILLON!
DÉSOLÉ... L'APPAREIL EST UN PEU EN DÉRANGEMENT!
LE CAFÉ EN TERRASSE, C'EST BIEN ICI?
?!
ALLO!.. ALLO?
N'OUBLIEZ PAS LES CONSOMMATIONS DE LA PETITE DAME

ET ÇA VOUS ARRIVE SOUVENT DE VOYAGER SANS POINT DE CHUTE AVEC CINQ FRANCS SIX SOUS EN POCHE, MÊME PAS DE QUOI VOUS PAYER UNE NUIT D'HÔTEL?
ET SOUVENT, LES FEMMES DANS LA RUE, VOUS... ... ABORDEZ ? C'EST LE MOT JE CROIS?
DONNEZ-MOI VOTRE VALISE ET VENEZ AVEC MOI! CE N'EST PAS UN TEMPS À METTRE UN CHIEN DEHORS.
J'HABITE AVEC MON PÈRE CHEZ UNE AMIE À LUI! ON VA BIEN S'ARRANGER POUR LA NUIT!...
FLITS FLITS
OH! QU'IL EST MIGNON! IL EST À VOUS?
NON. IL TRAÎNE DANS LE QUARTIER. ON LUI DONNE À MANGER DE TEMPS EN TEMPS.
COMMENT VOUS DISIEZ? "PAS UN TEMPS À METTRE UN CHIEN DEHORS"?
BON, D'ACCORD. MAIS TENEZ-LE DANS VOS BRAS. NOUS AVONS UNE VOISINNE TRÈS À CHEVAL SUR LE RÈGLEMENT DE L'IMMEUBLE.
AU FAIT, MON NOM C'EST STAN. ET VOUS?
GELDA...

Chère Maman,
Ça fait bientôt quinze jours que Gelda habite avec nous. J'avais bien espéré partager le canapé avec elle pendant que Papa irait rejoindre Camille...
Tu parles !
Les filles d'un côté, les garçons de l'autre!
ED. 174
POC!
Enfin, je ne désespère pas... apparement d'ailleurs, il n'y a pas que moi qu'elle séduit... Léo a l'air de la trouver assez à son goût aussi... Depuis qu'elle l'a surpris à son entraînement de foot...
18
...il y a même une certaine complicité entre eux. Il va falloir que je surveille ça de près...
Bien sûr, au début, ça n'a pas été facile... Tu connais le caractère de cochon de Camille... Mais Gelda est si charmante, si discrète... Et puis elle a trouvé quelques cours d'allemand à donner dans le quartier
En plus, elle a décidé de nous faire la cuisine, des trucs de par chez elle des Spätzle, des curry wurst, du porc aux airelles...
... Camille a fini par l'adopter elle aussi

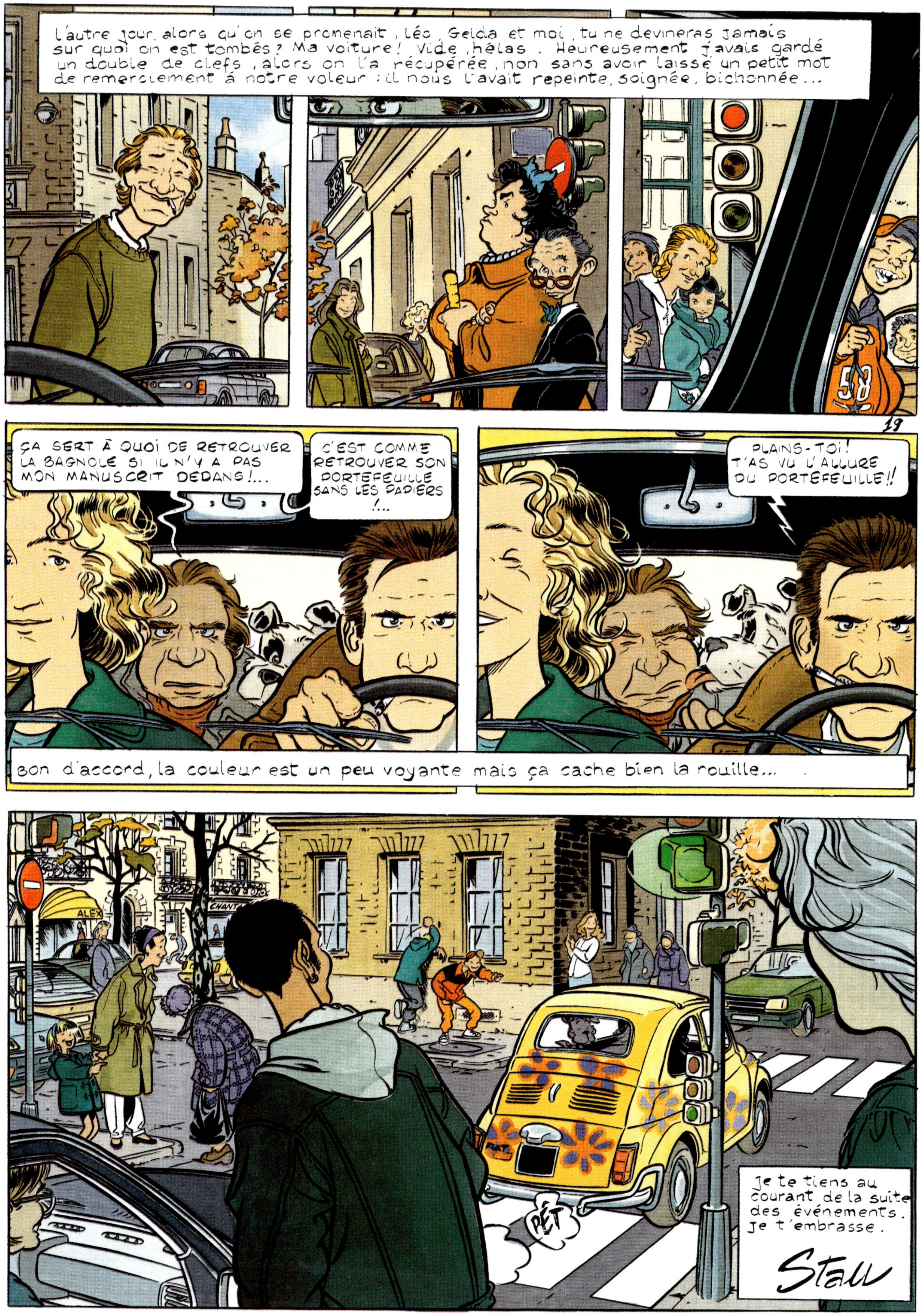
L'autre jour, alors qu'on se promenait, Léo, Gelda et moi, tu ne devineras jamais sur quoi on est tombés ? Ma voiture ! Vide, hélas. Heureusement j'avais gardé un double de clefs, alors on l'a récupérée, non sans avoir laissé un petit mot de remerciement à notre voleur : il nous l'avait repeinte, soignée, bichonnée...
ÇA SERT À QUOI DE RETROUVER LA BAGNOLE SI IL N'Y A PAS MON MANUSCRIT DEDANS !...
C'EST COMME RETROUVER SON PORTEFEUILLE SANS LES PAPIERS !...
PLAINS-TOI ! T'AS VU L'ALLURE DU PORTEFEUILLE !!
bon d'accord, la couleur est un peu voyante mais ça cache bien la rouille...
PÉT
Je te tiens au courant de la suite des événements. Je t'embrasse.
Stall

WAF
WAF
WAFF
C'EST GENTIL DE EMMENER NOUS ICI POUR PROMENER LA CHIEN... JE NE SAVAIS PAS LA MER ETAIT SI PROCHE ... 45 MINUTES DE VOITURE, CE N'EST PAS LONG...
WAF
WAF
WAF
OUAIS ! SAUF QUAND BOUDU ABOIE PENDANT TOUT LE VOYAGE !
PEUT-ÊTRE, ON AURAIT PU PROPOSER À CAMILLE ET LÉO DE VENIR AVEC...
CAMILLE ÉTAIT RETENUE PAR UNE RÉUNION DE PARENTS D'ÉLÈVES ET LÉO DEVAIT TRAVAILLER À SON ROMAN. JE N'AI PAS VOULU LE DÉRANGER...
ET PUIS UNE BALADE SUR LA PLAGE TOUS LES DEUX, N'EST-CE PAS ROMANTIQUE ?
FLOC

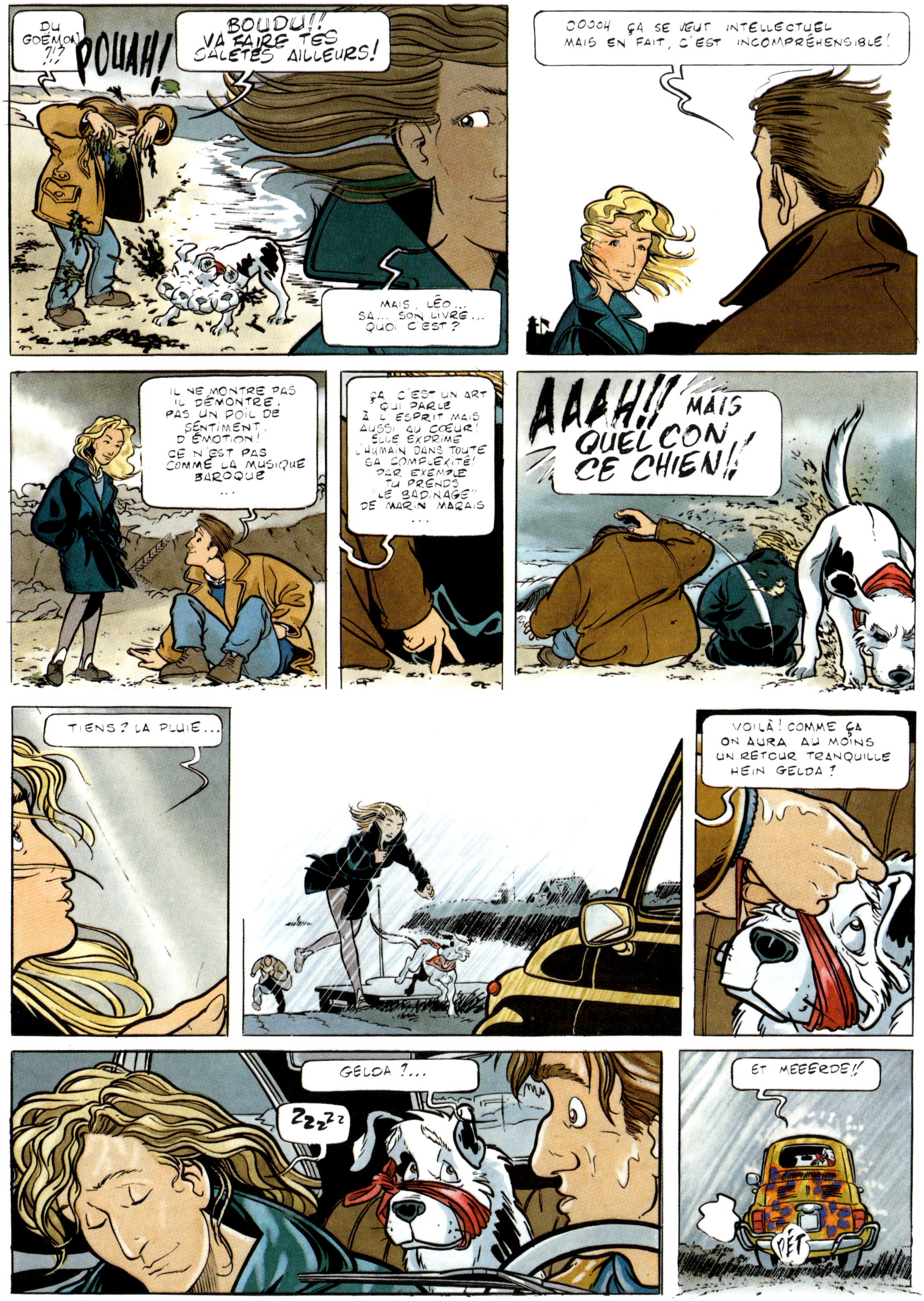

DU GOËMON ?!?
POUAH!
BOUDU!! VA FAIRE TES SALETÉS AILLEURS!
MAIS, LÉO... ÇA... SON LIVRE... QUOI C'EST?
OOOOH ÇA SE VEUT INTELLECTUEL MAIS EN FAIT, C'EST INCOMPRÉHENSIBLE!
IL NE MONTRE PAS IL DÉMONTRE. PAS UN POIL DE SENTIMENT, D'ÉMOTION! CE N'EST PAS COMME LA MUSIQUE BAROQUE ...
ÇA, C'EST UN ART QUI PARLE À L'ESPRIT MAIS AUSSI AU COEUR! ELLE EXPRIME L'HUMAIN DANS TOUTE SA COMPLEXITÉ! PAR EXEMPLE TU PRENDS "LE BADINAGE" DE MARIN MARAIS ...
AAAH!! MAIS QUEL CON CE CHIEN!!
TIENS? LA PLUIE...
VOILÀ! COMME ÇA ON AURA AU MOINS UN RETOUR TRANQUILLE HEIN GELDA?
GELDA?...
ZZZZZ
ET MEEERDE!!
PÉT

« Il y a du nouveau depuis ma dernière lettre. Je ne sais pas ce qui a bien pu se passer avant-hier après-midi ... »
LÉO JE NE TE DÉRANGE PAS?
J'AI QUELQUE CHOSE À TE DIRE
HEIN? TU M'AS DIT QUELQUE CHOSE ?
CHUT !... LAISSE-MOI FAIRE ...
SPLASH
RHÔÔôôo
FLITCH
HiHiHi
mais je crains que la complicité entre Léo et Gelda n'ait évolué vers autre chose ...
22

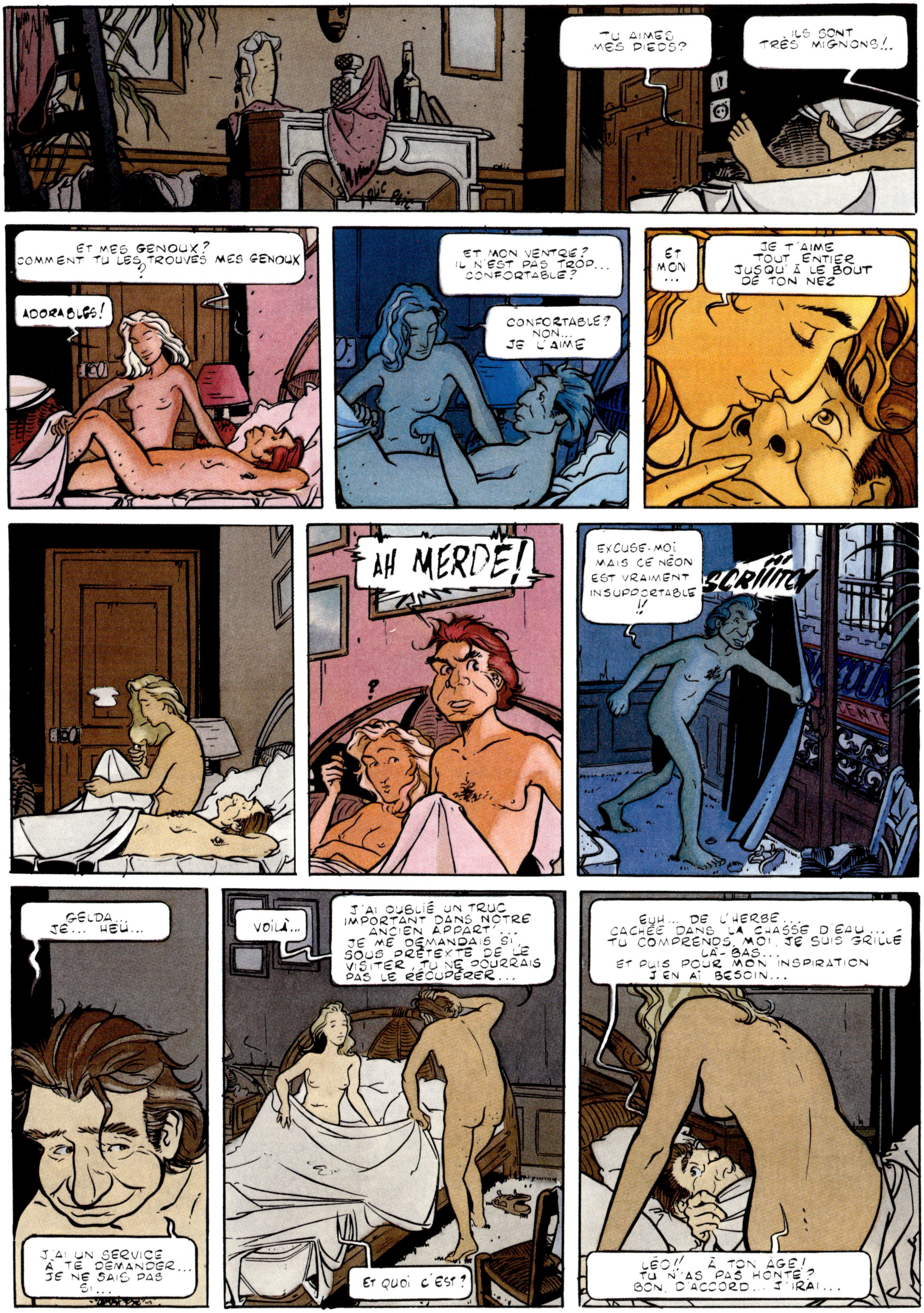

TU AIMES MES PIEDS?
ILS SONT TRÈS MIGNONS!..
ET MES GENOUX? COMMENT TU LES TROUVES MES GENOUX ?
ADORABLES!
ET MON VENTRE? IL N'EST PAS TROP... CONFORTABLE?
CONFORTABLE? NON... JE L'AIME
ET MON ...
JE T'AIME TOUT ENTIER JUSQU'À LE BOUT DE TON NEZ
AH MERDE!
EXCUSE-MOI MAIS CE NÉON EST VRAIMENT INSUPPORTABLE !!
SCRÏÏTCH
GELDA... JE... HEU...
J'AI UN SERVICE À TE DEMANDER... JE NE SAIS PAS SI...
VOILÀ...
J'AI OUBLIÉ UN TRUC IMPORTANT DANS NOTRE ANCIEN APPART'... JE ME DEMANDAIS SI, SOUS PRÉTEXTE DE LE VISITER, TU NE POURRAIS PAS LE RÉCUPÉRER...
ET QUOI C'EST?
EUH... DE L'HERBE... CACHÉE DANS LA CHASSE D'EAU... TU COMPRENDS, MOI, JE SUIS GRILLÉ LÀ-BAS... ET PUIS POUR MON INSPIRATION J'EN AI BESOIN...
LÉO!! À TON ÂGE! TU N'AS PAS HONTE? BON, D'ACCORD... J'IRAI...

QUAND MÊME! VOUS AURIEZ PU FAIRE ÇA AILLEURS QUE DANS MA CHAMBRE!! TU N'AS VRAIMENT AUCUN RESPECT DES AUTRES, LÉO!!
ZUT!! FAUT QUE J'Y AILLE! JE VAIS ÊTRE EN RETARD!
ON EN REPARLE CE SOIR!!
J'Y VAIS AUSSI! J'AI BESOIN DE MARCHER UN PEU...
ELLE EST TRÈS FÂCHÉE, CAMILLE, HEIN? ELLE EST ENCORE AMOUREUSE?
CLAP!
T'INQUIÈTE PAS! ÇA VA S'ARRANGER! C'EST SON CÔTÉ "SOUPE-AU-LAIT"!
BON, TU AS COMPRIS? UNE FOIS SUR LES LIEUX TU PRÉTEXTES UNE ENVIE PRESSANTE, TU DEMANDES LES TOILETTES, ET LÀ, HOP! LE TOUR EST JOUÉ! TU TE RAPPELLES, HEIN? LE POCHON D'HERBE EST PLANQUÉ DANS LA CHASSE D'EAU
OK, OK! PAS DE PROBLÈME! À CE MIDI!
SOIS PRUDENTE... JE...
JE N'AI JAMAIS ESPÉRÉ QUELQU'UN COMME TOI...
MAIS... CE N'EST PAS LE CHIEN DES SAGOT? IL A DISPARU IL Y A UN MOIS. LEUR PETIT ÉRIC EN A FAIT UNE MALADIE... SÛREMENT CETTE FILLE QUI L'A VOLÉ! ATTENDS, TU VAS VOIR...
WAF!
قف!
SALETÉ DE CABOT!!
MADEMOISELLE, UN MOMENT!
?!!

EXCUSEZ-MOI MAIS C'EST À VOUS CE CHIEN? VOUS L'AVEZ DEPUIS LONGTEMPS ?..
JE... OUI... ENFIN...
BOISVERT
WAF?
MOUAIS ! PAS TRÈS CLAIR, TOUT ÇA! MOI JE CROIS PLUTÔT QUE VOUS L'AVEZ VOLÉ !... ALLEZ, SUIVEZ-NOUS, ON VA ÉCLAIRCIR TOUT ÇA...
MAIS... ÇA VA PAS ?!! LÂCHEZ-MOI !!
GRÔÔÔ!
AÏE!!
NIAK
MERDE, MON PANTALON! ATTENDS SALOPE!!
TÛÛT
LAISSE TOMBER MOMO ON VA PAS RISQUER DE SE FAIRE ÉCRASER POUR SI PEU...
TIC TAC TIC TAC
BIENTÔT 22 HEURES! MAIS QU'EST-CE QU'ELLE FOUT ?!
JE COMMENCE À ÊTRE INQUIET !.. ELLE EST JUSTE SORTIE FAIRE UNE PETITE COURSE... ON DEVAIT SE RETROUVER À MIDI...
ÇA NE DONNE RIEN DU CÔTÉ DES HOPITAUX... J'APPELLE LES FLICS...
?
LES FLICS? HEU... NON, ATTENDS 'VAUT MIEUX PAS...

POURQUOI ? T'AS QUELQUE CHOSE À TE REPROCHER ! POURTANT, À PART UNE CIGARETTE-QUI-REND-NIGAUD PAR-CI, PAR-LÀ...
BEN... JUSTEMENT... TU TE RAPPELLES LE SACHET D'HERBE QUE J'AI OUBLIÉ DANS NOTRE ANCIEN APPARTEMENT ?
QUOI ?! TU N'AS PAS ENVOYÉ GELDA LA RÉCUPÉRER ?!
BEN SI... TU SAIS L'INSPIRATION ÇA NE VIENT PAS TOUT SEUL...
PAF
QUEL CON!! MAIS QUEL CON!!
NON MAIS TU TE RENDS COMPTE DE CE QUE TU AS FAIT ? QUAND EST-CE QUE TU SERAS ENFIN ADULTE ?!?
TU ME DÉGOÛTES! TU NE RESPECTES RIEN ! NI MES SENTIMENTS, NI MÊME LA FEMME QUI CROIT T'AIMER ! TIENS, JE COMMENCE À COMPRENDRE LE DÉPART DE MAMAN !
DING DONG
JE T'EN PRIE... LAISSE TA MÈRE EN DEHORS DE ÇA !..
TU ATTENDS QUELQU'UN CAMILLE ?
HEU... BIN NON...
DING DONG DING DONG DING DONG
N'OUVREZ PAS! C'EST LES FLICS! JE SUIS SÛR QUE C'EST LES FLICS!!
DING DONG BOUM BOUM
LÉONARD ÇA SUFFIT! ASSUME UN PEU!!
BOUM BOUM BOUM
BON JE VAIS VOIR !
26
CLOPS

CAMILLE!!
RICHARD!?!
ESPÈCE DE PETITE SALOPE!! MOI QUI VENAIS T'ANNONCER QUE J'AVAIS DÉCIDÉ D'ESSAYER DE TE PARDONNER...
ET VOILÀ QUE JE TE RETROUVE ENCORE AVEC TA COUR DE GUIGNOLS MINABLES! C'EST CHACUN SON TOUR OU LES DEUX À LA FOIS ?!!
EUH!.. "GUIGNOLS MINABLES" JE VOUS EN PRIE RESTEZ POLI!
PAF
TOI TA GUEULE!!
QUANT À TOI, PETITE PÉTASSE, TU VAS ME FAIRE LE PLAISIR DE VIRER CES DEUX CRÉTINS ET DE FILER DROIT!
JE FAIS CE QUE JE VEUX DE MA VIE... SI TU VEUX UNE POUPÉE, VA CHERCHER AUPRÈS DE TA MÈRE. IL PARAÎT QU'ELLE FAIT DES POSES DANS LES VITRINES DE PRISUNIC!..
MAMAN!!!
RHÂÂÂÂ...
TRÈS JOLI... PLUS BOUGER MAINTENANT!
CRASH
27

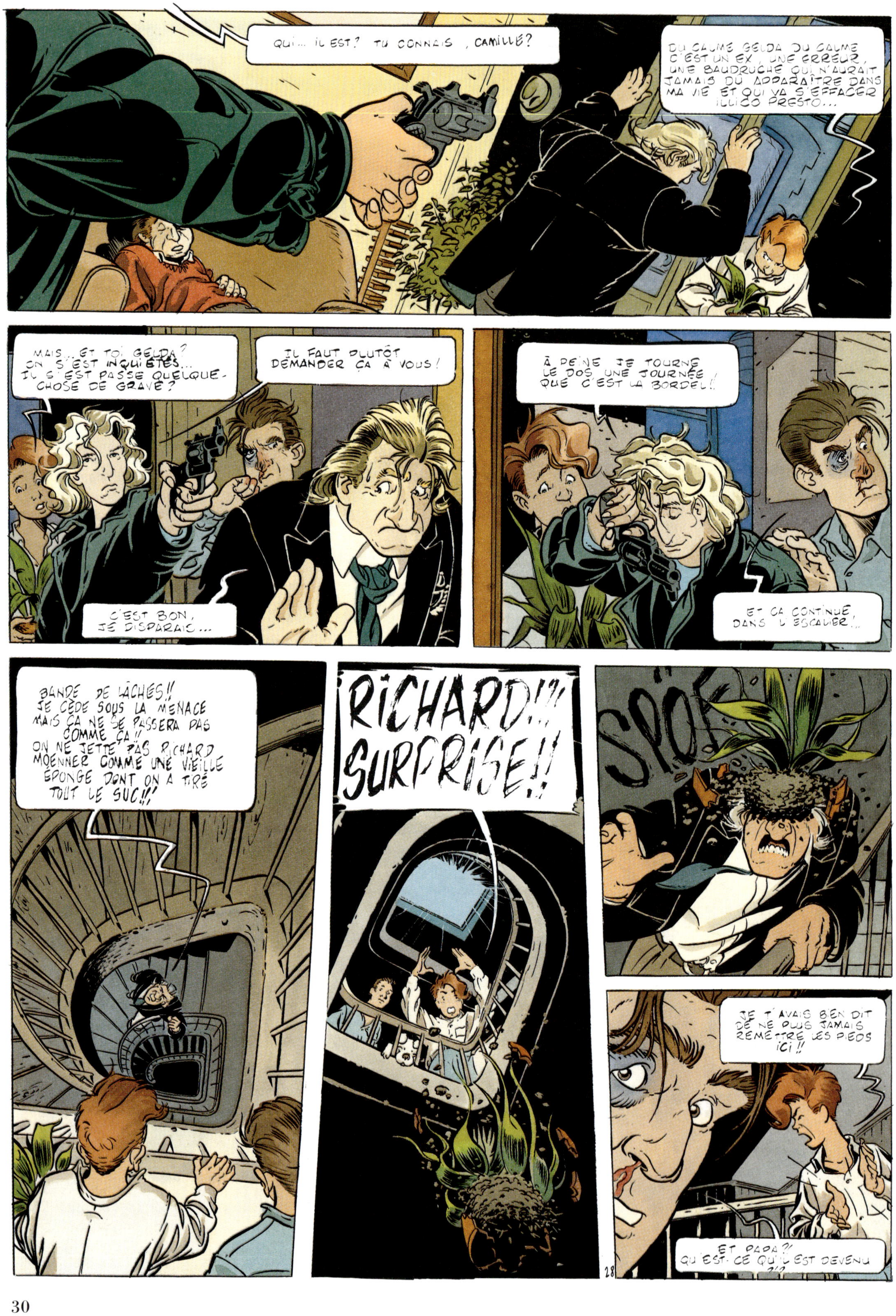
QUI... IL EST? TU CONNAIS , CAMILLE?
DU CALME GELDA DU CALME C'EST UN EX , UNE ERREUR , UNE BAUDRUCHE QUI N'AURAIT JAMAIS DU APPARAÎTRE DANS MA VIE ET QUI VA S'EFFACER ILLICO PRESTO...
MAIS... ET TOI GELDA? ON S'EST INQUIÉTÉS... IL S'EST PASSÉ QUELQUE-CHOSE DE GRAVE?
IL FAUT PLUTÔT DEMANDER ÇA À VOUS!
C'EST BON, JE DISPARAIS...
À PEINE JE TOURNE LE DOS UNE JOURNÉE QUE C'EST LA BORDEL!!
ET ÇA CONTINUE DANS L'ESCALIER!..
BANDE DE LÂCHES!! JE CÈDE SOUS LA MENACE MAIS ÇA NE SE PASSERA PAS COMME ÇA!! ON NE JETTE PAS RICHARD MOENNER COMME UNE VIEILLE ÉPONGE DONT ON A TIRÉ TOUT LE SUC!!!
¡RICHARD!!? SURPRISE!!
SPOF
JE T'AVAIS BIEN DIT DE NE PLUS JAMAIS REMETTRE LES PIEDS ICI!!
ET PAPA?! QU'EST-CE QU'IL EST DEVENU ?!?
28

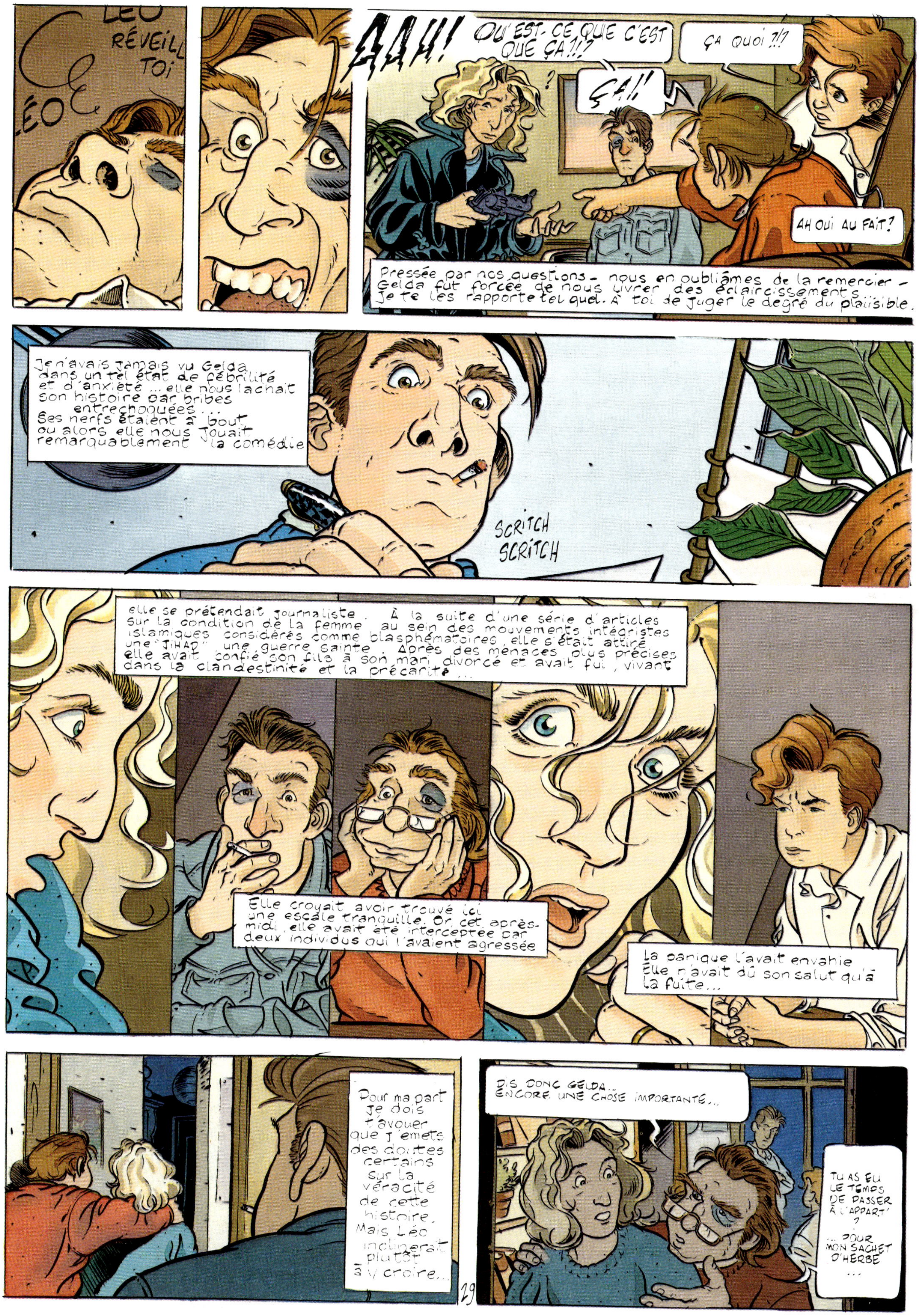
LÉO
RÉVEILLE-TOI
LÉO
AAH!
QU'EST-CE QUE C'EST QUE ÇA!!?
ÇA QUOI ?!?
ÇA!
AH OUI AU FAIT?
Pressée par nos questions - nous en oubliâmes de la remercier - Gelda fut forcée de nous livrer des éclaircissements. Je te les rapporte tel quel. À toi de juger le degré du plausible.
Je n'avais jamais vu Gelda dans un tel état de fébrilité et d'anxiété ... elle nous lâchait son histoire par bribes entrechoquées... Ses nerfs étaient à bout ou alors elle nous jouait remarquablement la comédie
SCRITCH SCRITCH
elle se prétendait journaliste. À la suite d'une série d'articles sur la condition de la femme au sein des mouvements intégristes islamiques considérés comme blasphématoires, elle s'était attiré une "JIHAD" une guerre sainte. Après des menaces plus précises elle avait confié son fils à son mari divorcé et avait fui, vivant dans la clandestinité et la précarité...
Elle croyait avoir trouvé ici une escale tranquille. Or cet après-midi, elle avait été interceptée par deux individus qui l'avaient agressée
La panique l'avait envahie. Elle n'avait dû son salut qu'à la fuite...
Pour ma part je dois t'avouer que j'émets des doutes certains sur la véracité de cette histoire. Mais Léo inclinerait plutôt à y croire...
29
DIS DONC GELDA.. ENCORE UNE CHOSE IMPORTANTE...
TU AS EU LE TEMPS DE PASSER À L'APPART' ?
... POUR MON SACHET D'HERBE ...

Ouest-Press
st-Presso
Ouest-Presso
SALUT BOB! « LE CIEL EST BLEU, LA MER EST VERTE...
...LAISSE UN PEU LA FENÊTRE OUVERTE!» SALUT LÉO!! ALORS, ON A LA NOSTALGIE DES ODEURS DE TABAC ET DE VIEUX PAPIERS MÊLÉS!?!
TOUT DE MÊME... TU NE REGRETTES PAS TA DÉMISSION ?
CONTINUER À TRAVAILLER POUR UN JOURNAL PASSÉ AUX MAINS DES FINANCIERS INTERNATIONAUX?! PERDRE MON INDÉPENDANCE MA LIBERTÉ DE PLUME?!!?
CALME-TOI, LÉO... MAIS APRÈS TOUT, TU NE T'OCCUPAIS QUE DE LA RUBRIQUE MARINE "OÙ SONT NOS BATEAUX..."
D'ACCORD, TU AS RAISON, C'EST UNE QUESTION DE PRINCIPE... DIS-MOI PLUTÔT CE QUI T'AMÈNE...
NON MON VIEUX LÉO, JE N'AI JAMAIS ENTENDU PARLER DE CETTE... "GILDA" !...
GELDA! GELDA MOORE...
NON DÉSOLÉ, ÇA NE ME DIT RIEN... À MON AVIS, CETTE FILLE T'A RACONTÉ N'IMPORTE QUOI, INTENTIONNELLEMENT OU PAR MYTHOMANIE, JE NE SAIS PAS...
CE QUI EST SÛR, C'EST QUE CE SONT DES BOBARDS!
ET POURQUOI ÇA SERAIT PAS VRAI?! IL Y A BIEN EU SALMAN RUSHDIE ET RÉCEMMENT TASLIMA NASREEN!
ET PUIS D'ABORD, DEPUIS SON RACHAT, TON JOURNAL DE MERDE N'EST PLUS AU COURANT DE RIEN!! TOUT JUSTE DU TOUR DE POITRINE DES STARS ET DES DÉMÊLÉS CONJUGAUX DES PRINCESSES! ET ENCORE!!
SLAM
HÉ BÉ! IL SERAIT PAS UN PEU AMOUREUX LE LÉO?!...

ET BIEN, TU VOIS QUE J'AI EU RAISON D'INSISTER POUR CETTE PROMENADE... IL NE S'EST RIEN PASSÉ... PERSONNE NE NOUS A AGRESSÉS, NI MÊME SUIVIS...
...FAUT DIRE QU'ATTIFÉE COMME ÇA, ON NE TE RECONNAIT PAS DES MASSES...
FIS VAINCRA
CHIRAC PUTAIN 7 ANS!
...D'AILLEURS, MÊME SANS TON DÉGUISEMENT, JE NE TE RECONNAIS PLUS... TU T'ES TELLEMENT ÉLOIGNÉE CES DERNIERS TEMPS...
TU NE ME DIS PLUS RIEN, TU NE RIS PLUS DE MES BÊTISES TU NE ME REGARDES PLUS... JE NE SAIS PLUS SI TU M'AIMES ENCORE... JE...
?
PIN PON
ISLAM
ATTENTAT
PIN PON
HOULÀ! ÇA A L'AIR DE CHAUFFER! MAIS... MAIS C'EST VERS CHEZ NOUS!
C'EST EUX!! ILS M'ONT RETROUVÉE! JE SUIS SÛRE!!...
STAN! CAMILLE!!... BON DIEU!!
LÉO! NON!! C'EST TROP TARD! REVIENS! ILS VONT TUER TOI AUSSI!
STAN STAN!!!
MAIS LAISSEZ-MOI PASSER BON SANG!!
AH... T'ES LÀ... TU N'AS RIEN?
...OUI UN GRAND BOUM ET APRÈS TOUTE CETTE FUMÉE...
GRR
WIF
MA BOUTEILLE! OÙ EST MA BOUT HIPS BOUTEILLE?!
C'EST LA MÈRE PLOTTIN... ELLE A DÛ SE TROMPER DANS LES DOSES EN VOULANT FLAMBER SES CRÊPES... APPAREMMENT, IL N'Y A PAS QUE LES CRÊPES QU'ELLE AIT COPIEUSEMENT ARROSÉES DE CALVA...
QUAND Y A DU VIN C'EST BIEN, QUAND Y A DU CALVA TOUT VA...
MAIS J'VOUS L'DIS L'WHISKY C'EST TOUTE MA VIE!!
PIN PON... PIN PO
Cet évenement nous avait paru plutôt cocasse... Mais il choqua fortement Gelda...

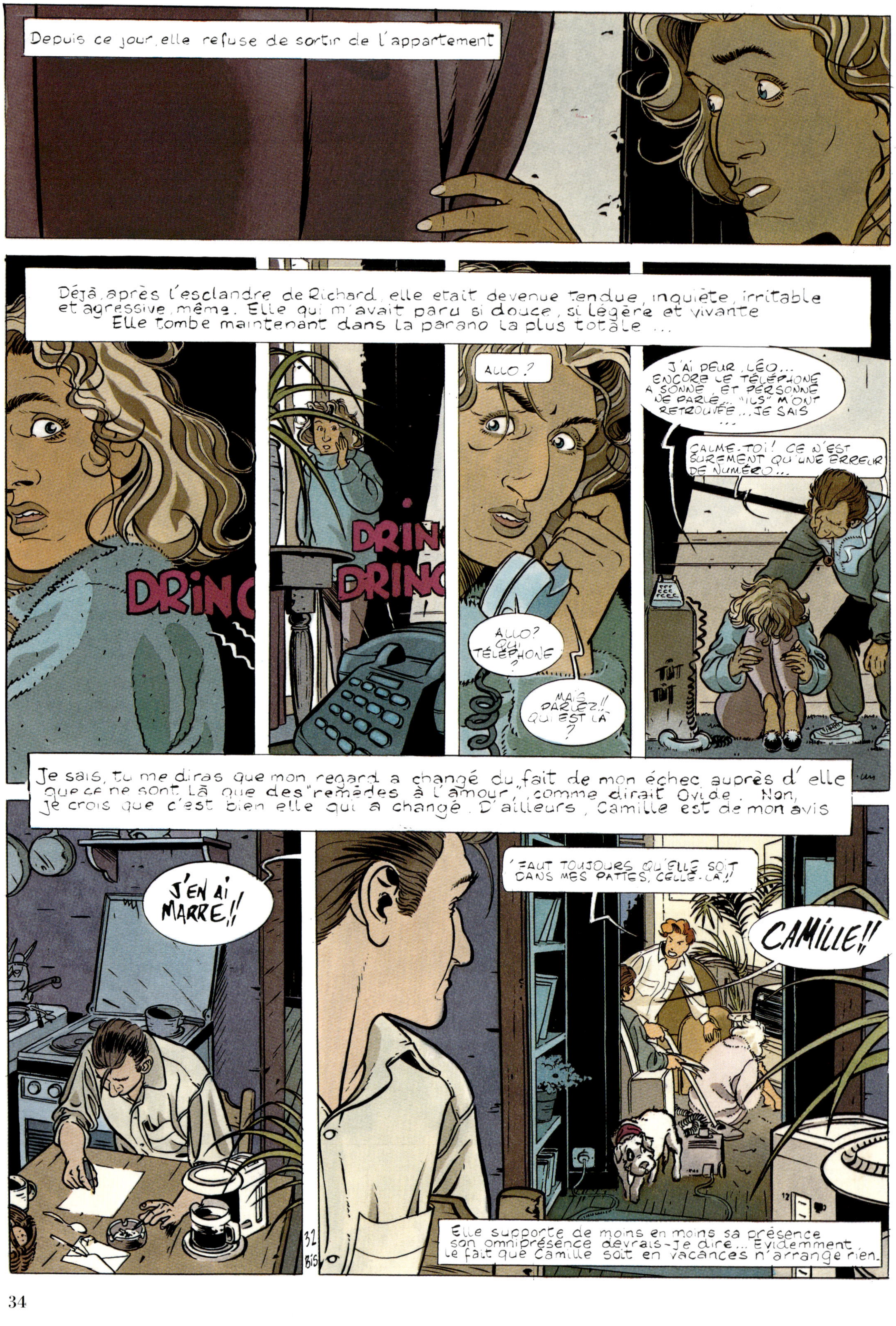
Depuis ce jour, elle refuse de sortir de l'appartement
Déjà, après l'esclandre de Richard, elle etait devenue tendue, inquiète, irritable et agressive, même. Elle qui m'avait paru si douce, si légère et vivante
Elle tombe maintenant dans la parano la plus totale ...
DRING
DRING
DRING
ALLO ?
ALLO? QUI TÉLÉPHONE ?
MAIS PARLEZ!! QUI EST LÀ ?
J'AI PEUR, LÉO... ENCORE LE TÉLÉPHONE A SONNÉ, ET PERSONNE NE PARLE... "ILS" M'ONT RETROUVÉE... JE SAIS ...
CALME-TOI! CE N'EST SÛREMENT QU'UNE ERREUR DE NUMÉRO...
TÛT TÛT
Je sais, tu me diras que mon regard a changé du fait de mon échec auprès d'elle que ce ne sont là que des "remèdes à l'amour", comme dirait Ovide. Non, je crois que c'est bien elle qui a changé. D'ailleurs, Camille est de mon avis
J'EN AI MARRE!!
'FAUT TOUJOURS QU'ELLE SOIT DANS MES PATTES, CELLE-LÀ!!
CAMILLE!!
Elle supporte de moins en moins sa présence son omniprésence devrais-je dire... Evidemment, le fait que Camille soit en vacances n'arrange rien.
32 BIS

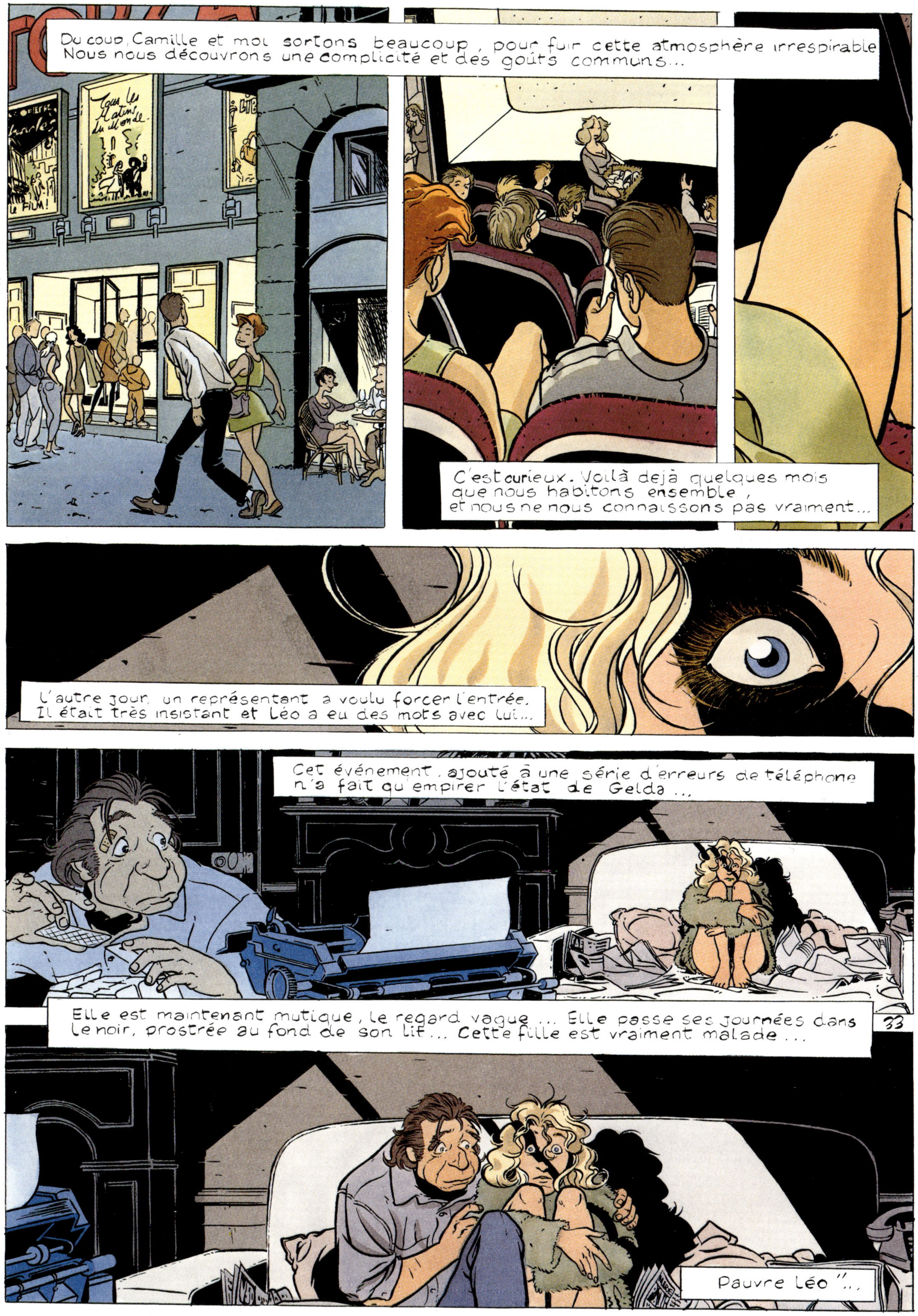
Du coup, Camille et moi sortons beaucoup, pour fuir cette atmosphère irrespirable. Nous nous découvrons une complicité et des goûts communs...
C'est curieux. Voilà déjà quelques mois que nous habitons ensemble, et nous ne nous connaissons pas vraiment...
L'autre jour, un représentant a voulu forcer l'entrée. Il était très insistant et Léo a eu des mots avec lui...
Cet événement, ajouté à une série d'erreurs de téléphone n'a fait qu'empirer l'état de Gelda...
Elle est maintenant mutique, le regard vague... Elle passe ses journées dans le noir, prostrée au fond de son lit... Cette fille est vraiment malade...
33
Pauvre Léo !...

clik
ÇA Y EST, ELLE DORT. C'EST FOU, MÊME DANS SON SOMMEIL ELLE GARDE UNE EX-PRESSION TENDUE
BON, ALORS QU'EST-CE QUE TU AVAIS À NOUS DIRE? POURQUOI TOUS CES MYSTÈRES
JE... JE N'EN PEUX PLUS MOI, JE CRAQUE... JE NE LA SUPPORTE PLUS... ELLE ME BOUFFE L'AIR ...
JE NE PEUX PLUS FAIRE UN PAS DANS L'APPARTEMENT SANS ME COGNER À ELLE! ET PUIS... CETTE TENSION QU'ELLE DÉGAGE, L'AMBIANCE QUI SE CRÉE AUTOUR D'ELLE ... SI ENCORE, ELLE PARTICIPAIT AUX TÂCHES MÉNAGÈRES...
FAUT LA COMPRENDRE! METS-TOI À SA PLACE! TU TE RENDS COMPTE DE L'HISTOIRE QU'ELLE EST EN TRAIN DE VIVRE?! JE VOUDRAIS BIEN T'Y VOIR, TOI!
PARLONS-EN DE SON "HISTOIRE"! C'EST DU PIPEAU, DU FLAN OU N'IMPORTE QUOI !
POURTANT CES MECS QUI ONT ESSAYÉ DE L'INTERCEPTER DANS LA RUE, CES COUPS DE TÉLÉPHONE BIZARRES... ENCORE, L'AUTRE JOUR, CE "DÉMARCHEUR" À L'ALLURE LOUCHE...
FOUTAISES! DÉLIRES PARANOÏAQUES, MYTHOMANIE!! CETTE FILLE EST BONNE À ENFERMER! L'AMOUR T'AVEUGLE MON PAUVRE LÉO !!
JE T'INTERDIS DE PARLER D'ELLE COMME ÇA! IL N'EST MÊME PAS QUESTION DE MES SENTIMENTS... C'EST DE NOTRE DEVOIR DE CITOYENS, DE DÉMOCRATES, QUE DE SOUTENIR LA LIBERTÉ D'EXPRESSION...
T'ES D'ACCORD AVEC MOI STAN?
DÉSOLÉ P'PA! JE ME RANGERAIS PLUTÔT À L'AVIS DE CAMILLE!..
IL N'Y A RIEN JUSQU'ICI QUI AIT CONFIRMÉ SA VERSION...
AH BRAVO! IL EST BEAU L'ESPRIT DE FAMILLE!! FAITES DES ENFANTS!
34

SLAM!
?!
GELDA!! ELLE NOUS A ENTENDUS!..
TANT MIEUX! ET BON VENT...
GELDA!! REVIENS MA PIPOUNE!!
MERDE MERDE MERDE...
LÂCHE-MOI! LAISSE-MOI ALLER!
ECOUTE C'EST RIDICULE! MOI, JE TE CROIS ET JE T'AIME! EST-CE QUE ÇA NE COMPTE PAS UN PEU POUR TOI?
JE... JE N'EN PEUX PLUS...
JE SAIS PIPOUNE, JE SAIS...
?!
VROP
VROOAR
ATTENTION!!
HIPS!
QUEL CRÉTIN CELUI-LÀ!... ÇA VA, MON BÉBÉ?
PEUT-ÊTRE PAS SI CRÉTIN QUE ÇA!... JE COMMENCE SÉRIEUSEMENT À Y CROIRE À TON HISTOIRE, GELDA...

ET VOUS DITES QUE LA VOITURE A DÉLIBÉRÉMENT TENTÉ DE VOUS ÉCRASER ?
PAS "NOUS" ! ELLE A FONCÉ SUR GELDA ! JE SUIS CATÉGORIQUE !
C'EST VRAI ! J'EN SUIS TÉMOIN !
ALORS JE NE VOIS QU'UNE SOLUTION ! IL FAUT QU'ELLE PARTE D'ICI. LE PLUS VITE POSSIBLE.
IL NE SUFFIT PAS DE QUITTER LA VILLE, ENCORE FAUT-IL SEMER SES POURSUIVANTS ...
BIEN DIT FISTON ! IL FAUT DE LA DISCRÉTION ET DE LA SUBTILITÉ ! JUSTEMENT, J'AI UN PLAN ! L'AIR DE LA MER FERA DU BIEN À GELDA !
TU PENSES À LA MAISON DE GRAND-MA ?
TOUT JUSTE, AUGUSTE ! C'EST LA PLANQUE IDÉALE. ET PUIS, ELLE NE RISQUERA RIEN : JE L'ACCOMPAGNE...
HEIN ? TU...
SILENCE DANS LES RANGS ! BON, JE VOUS EXPOSE MON PLAN. D'ABORD, RÉGLONS NOS MONTRES
ET TOI CAMILLE, PRÉPARE DES SANDWICHES, LA ROUTE SERA LONGUE...
DIS LÉO, SI TU CROIS QUE TU FAIS DISCRET, COMME ÇA ...
JUSTEMENT ! IL FAUT QUE JE FASSE CELUI QUI VEUT PASSER INAPERÇU POUR QU'ON SE FASSE REPÉRER BIEN QU'ON CROIE QUE NOUS NOUS CACHONS... TU COMPRENDS ?
HEU... NON !
36

ET LES FLEURS? POUR QUOI C'EST?
COMME LE CADEAU! AINSI NOS SUIVEURS CROIRONT QUE NOUS ALLONS DÎNER CHEZ DES AMIS...
VOILÀ... C'EST ICI!
HEP M'SIEUR DAME!!
?!!
VOUS AURIEZ PAS UN P'TIT QUE'QU' CHOSE?
!?
C'EST POUR MOI? COMME C'EST GENTIL! C'EST POURTANT PAS LE RÉVEILLON!
PASSAGE PRIVÉ
VILLE PROPRE
PRATIQUE CE SYSTÈME DE COURS COMMUNICANTES...
GARAGES PRIVÉS
HÉ! PAR ICI!
C'EST STAN!
VOUS POUVEZ Y ALLER! JE SUIS SEUL!
VITE! IL Y A UN PANIER REPAS ET VOS VALISES DANS LE COFFRE...

BON... BEN... SALUT FISTON...
TIENS, TU L'OFFRIRAS À CAMILLE... EMBRASSE-LA TRÈS FORT ...JE ..., AU REVOIR...
...PAPA...
C'EST BON... PERSONNE NE NOUS A SUIVIS ...
24/24 AUTOMAT.
5.82
5.65
3.99
FERMÉ
QUICK SUPER
5.69
6.14
3.99
LAVAGE
RONDS ROUGES
5.80
6.15
3.99
GELDA... RÉVEILLE-TOI MA PIPOUNE... ON EST ARRIVÉS...
38

VOILÀ! BIEN MALIN QUI REPÉRERA LA VOITURE LÀ-DEDANS...
C'EST TRÈS ISOLÉ ICI...
TU PEUX LE DIRE! LES GENS D'ICI APPELLENT CE COIN "LE BOUT DU MONDE" C'EST TOUT DIRE! LA PLANQUE IDÉALE!
ATTENDS, ON VA FAIRE ÇA DANS LES RÈGLES
BIENVENUE AUX "AJONCS D'OR"! QUE DIS-TU DE NOTRE PETIT NID D'AMOUR?
OH LÉO! QUELLE JOLIE MAISON!
C'ÉTAIT LA MAISON DE MA GRAND-MÈRE. PERSONNE NE VIENT JAMAIS ICI C'EST TROP LOIN DE TOUT. MAIS LA FAMILLE N'ARRIVE PAS À SE DÉCIDER À LA VENDRE ALORS, ON LA LAISSE COMME ÇA, S'ÉTEINDRE DOUCEMENT...
PFOUH! JE CROIS QUE JE N'AI PLUS 20 ANS! JE VAIS TE REPOS
OUPS!
LÉO!
C'EST BON DE T'ENTENDRE RIRE À NOUVEAU...
39
JE TE FAIS VISITER L'ÉTAGE?

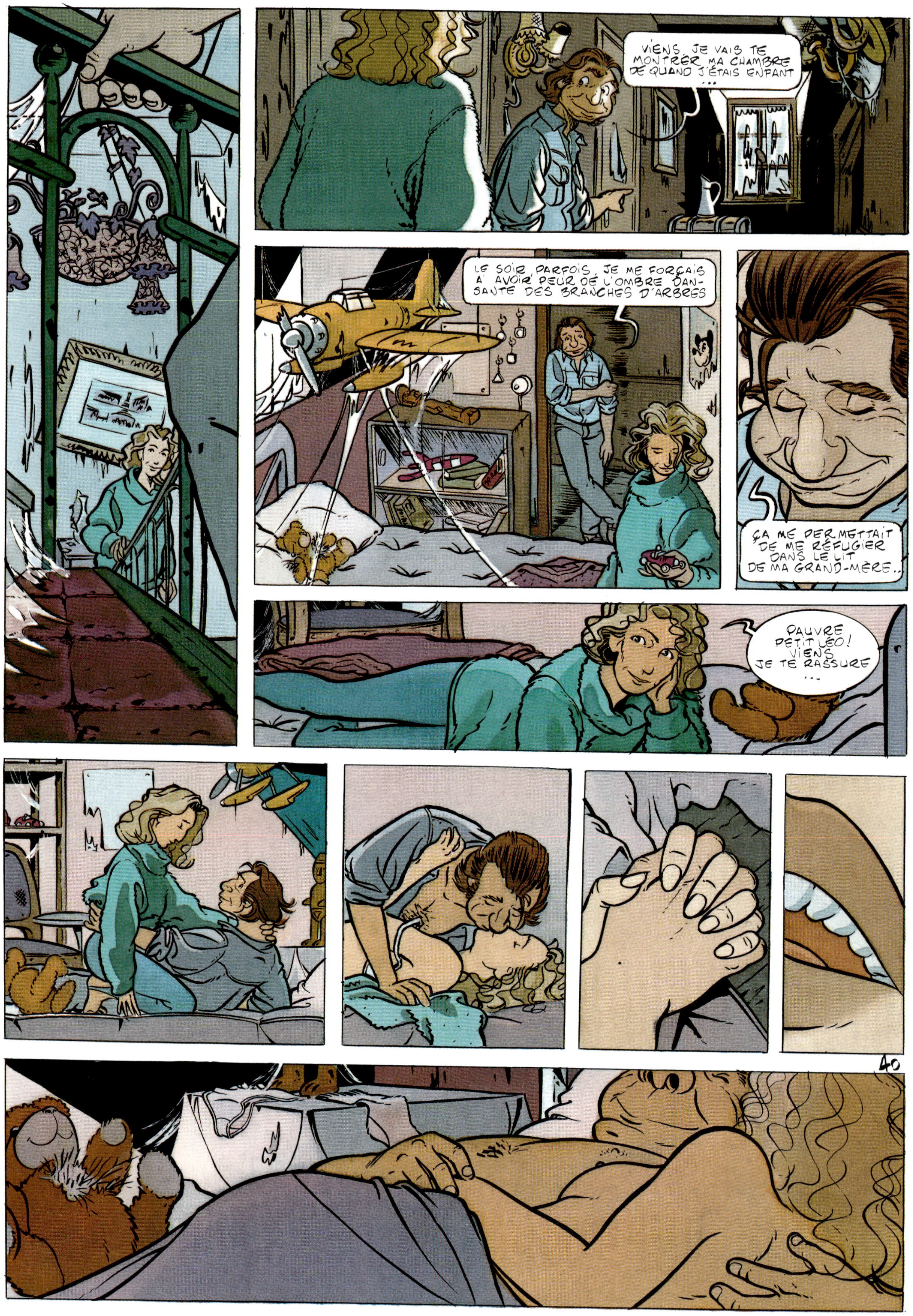
VIENS, JE VAIS TE MONTRER MA CHAMBRE DE QUAND J'ÉTAIS ENFANT ...
LE SOIR, PARFOIS, JE ME FORÇAIS À AVOIR PEUR DE L'OMBRE DANSANTE DES BRANCHES D'ARBRES
ÇA ME PERMETTAIT DE ME RÉFUGIER DANS LE LIT DE MA GRAND-MÈRE...
PAUVRE PETIT LÉO ! VIENS JE TE RASSURE ...
40

GELDA ?
Pardon Léo,
dois seule partir.
ne Veux pas que tu
impliques dans mon
histoire. Trop de problèmes,
trop de dangers. Tu dois rester
vivant et gai. Je te garderai
Toujours dans ma souvenir...
Reste comme je t'ai conn
Gelda
PS: Ne
PIDOUNE TU ES LÀ ?
GELDA! JE N'AI PAS ENVIE DE JOUER...
GELDA...
" PS: Ne te mets pas en colère avec moi, je prends la voiture..."
GELDAAA!!
SEUL! ELLE M'A LAISSÉ TOUT SEUL!
60
90

BONNE ROUTE! ET MERCI ENCORE!
PFF! PAS FÂCHÉ DE RENTRER! QU'EST-CE QUE JE VAIS BIEN POUVOIR RACONTER À STAN ET À CAMILLE?..
?!!
BON SANG! STAN!.. ILS ONT OSÉ ...
OOH, MON DIEU...
STAN!.. CAMILLE?!.. SI JAMAIS ILS...
SALOPE
WOUF?
MAIS, QUE... QU'EST-CE QUI S'EST PASSÉ?
LÉO! OH LÉO!..
42
JE... JE NE SAIS PAS... J'ÉTAIS SORTIE PROMENER BOUDU... QUAND JE SUIS RENTRÉE, J'AI TROUVÉ L'APPARTEMENT DANS CET ÉTAT, ET STAN AVAIT DISPARU...
LES SALAUDS! SI JE...
GRRÔÔÔ
HOU HOU?! Y'A QUELQU'UN?

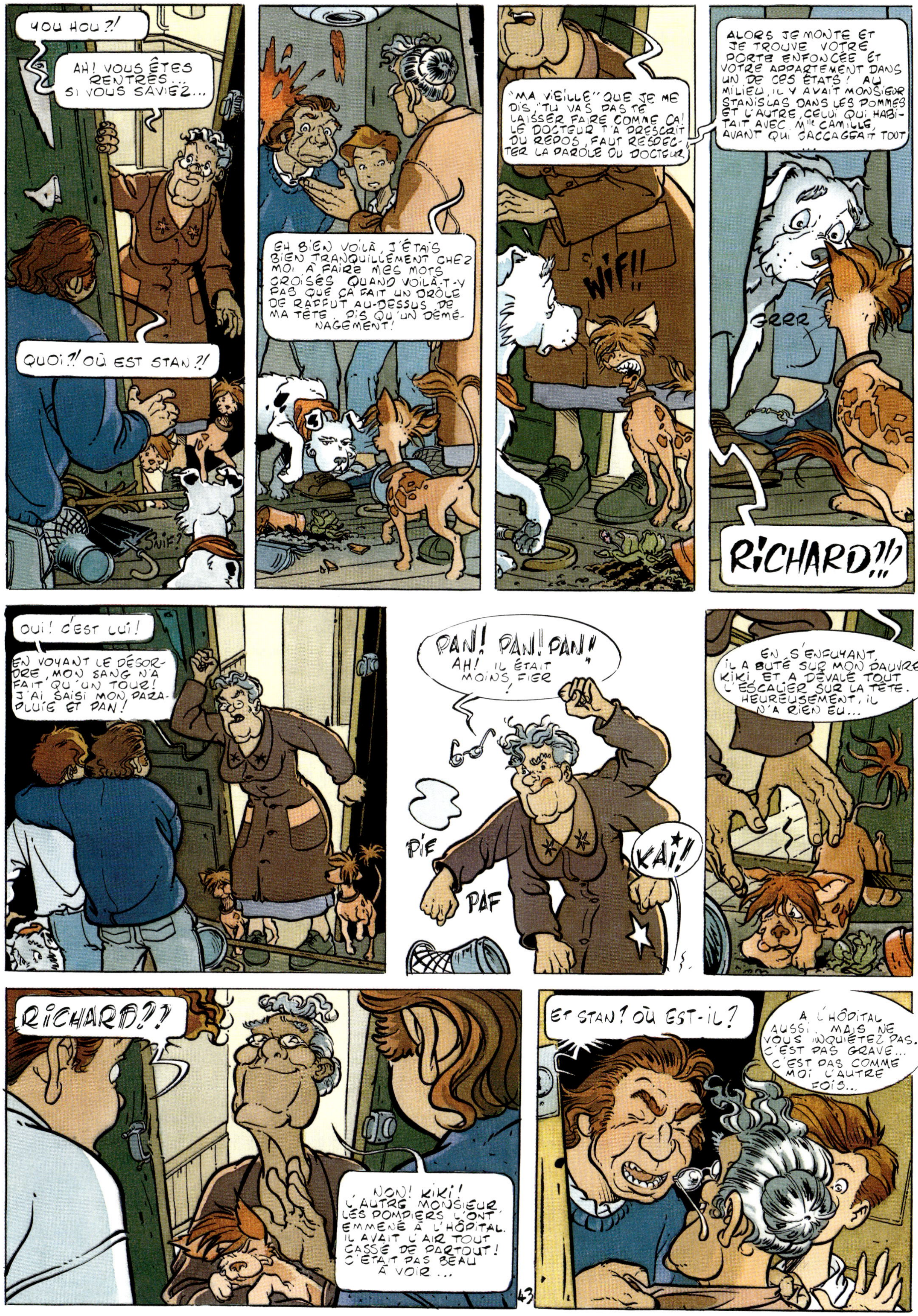
YOU HOU ?!
AH ! VOUS ÊTES RENTRÉS... SI VOUS SAVIEZ...
QUOI ?! OÙ EST STAN ?!
SNIF
EH BIEN VOILÀ, J'ÉTAIS BIEN TRANQUILLEMENT CHEZ MOI À FAIRE MES MOTS CROISÉS QUAND VOILÀ-T-Y PAS QUE ÇA FAIT UN DRÔLE DE RAFFUT AU-DESSUS DE MA TÊTE. PIS QU'UN DÉMÉNAGEMENT !
"MA VIEILLE" QUE JE ME DIS, "TU VAS PAS TE LAISSER FAIRE COMME ÇA ! LE DOCTEUR T'A PRESCRIT DU REPOS, FAUT RESPECTER LA PAROLE DU DOCTEUR".
WIF !!
ALORS JE MONTE ET JE TROUVE VOTRE PORTE ENFONCÉE ET VOTRE APPARTEMENT DANS UN DE CES ÉTATS ! AU MILIEU, IL Y AVAIT MONSIEUR STANISLAS DANS LES POMMES ET L'AUTRE, CELUI QUI HABITAIT AVEC Mlle CAMILLE, AVANT QUI SACCAGEAIT TOUT...
GRRR
RICHARD ?!!
OUI ! C'EST LUI !
EN VOYANT LE DÉSORDRE, MON SANG N'A FAIT QU'UN TOUR ! J'AI SAISI MON PARAPLUIE ET PAN !
PAN ! PAN ! PAN ! AH ! IL ÉTAIT MOINS FIER !
PIF
PAF
KAÏ !
EN S'ENFUYANT, IL A BUTÉ SUR MON PAUVRE KIKI, ET A DÉVALÉ TOUT L'ESCALIER SUR LA TÊTE. HEUREUSEMENT, IL N'A RIEN EU...
RICHARD ?!
NON ! KIKI ! L'AUTRE MONSIEUR, LES POMPIERS L'ONT EMMENÉ À L'HÔPITAL. IL AVAIT L'AIR TOUT CASSÉ DE PARTOUT ! C'ÉTAIT PAS BEAU À VOIR...
43
ET STAN ? OÙ EST-IL ?
À L'HÔPITAL AUSSI. MAIS NE VOUS INQUIÉTEZ PAS. C'EST PAS GRAVE... C'EST PAS COMME MOI L'AUTRE FOIS...

VACCINATION
PARLEZ-EN À VOTRE MÉDECIN
TU SAIS, P'PA C'EST GENTIL MAIS CE N'ÉTAIT VRAIMENT PAS LA PEINE... ON NE GARDE PAS LES GENS À L'HÔPITAL POUR UN PIED FOULÉ ET QUELQUES ECCHYMOSES
LE RICHARD IL ÉTAIT COMME FOU!! HEUREUSEMENT, "SUPER-MADAME PLOTTIN" EST ARRIVÉE ET M'A SAUVÉ LA VIE! JE VOUS SERAI ÉTERNELLEMENT RECONNAISSANT...
OOOH! Mr STANISLAS!
EN TOUT CAS VU LE NOMBRE DE FRACTURES QU'IL A, IL NE VA PAS SORTIR D'ICI AVANT QUELQUES SEMAINES, POUR LE MOMENT, IL EST SOUS CALMANTS.
ÇA VA NOUS LAISSER UN PEU DE TEMPS POUR TROUVER UN AUTRE LOGEMENT...
VOUS ALLEZ DÉMÉNAGER ?
IL LE FAUT BIEN, Mme PLOTTIN, POUR QUE RICHARD PERDE ENFIN NOTRE TRACE... MAIS NE VOUS INQUIÉTEZ PAS ON NE VOUS OUBLIERA PAS!
HOTEL DIEU
ET TOI P'PA ? GELDA ?
OOH! GELDA... TA MÈRE... JE N'AI JAMAIS SU Y FAIRE AVEC LES FEMMES!
TOUT DE MÊME, VOUS AURIEZ PU VENIR ME CHERCHER AVEC LA VOITURE !!
BEN JUSTEMENT ...
TA VOITURE... C'EST GELDA QUI L'A GARDÉE...
QUOI,,?!
BOUDU!! LÂCHE ÇA! CE N'EST PAS LE MOMENT!

ALLEZ BOUDU ! ON N'A DÉJÀ PLUS NI VOITURE, NI APPARTEMENT LAISSE AU MOINS SA CANNE ANGLAISE À STAN...
BATEAU À LOUER 40.66.55.71
WFF
WFF WF

ÉPILOGUE

Cette fois, le printemps est là, et bien là. Partout, on sent le renouveau de la vie. Nous ne dérogeons pas à la règle. Afin que ce crétin de Richard – puisse l'hôpital le garder encore longtemps! – perde notre trace, nous avons été obligés de quitter l'appartement...
Chère Maman
Remarque nous ne perdons pas au change. La vie sur un bateau n'est pas pour nous déplaire. Savoir qu'on a juste une petite amarre à larguer pour découvrir de nouveaux ailleurs...
Camille a pris un congé exceptionnel et espère un nouveau poste pour la rentrée. En attendant, elle donne quelques cours particuliers pour arrondir nos fins de mois.
Quant à moi, j'ai repris la pratique de mon instrument...
Je dois passer une audition demain. Je croise les doigts... Camille me soutient beaucoup, ne serait-ce que par sa présence...

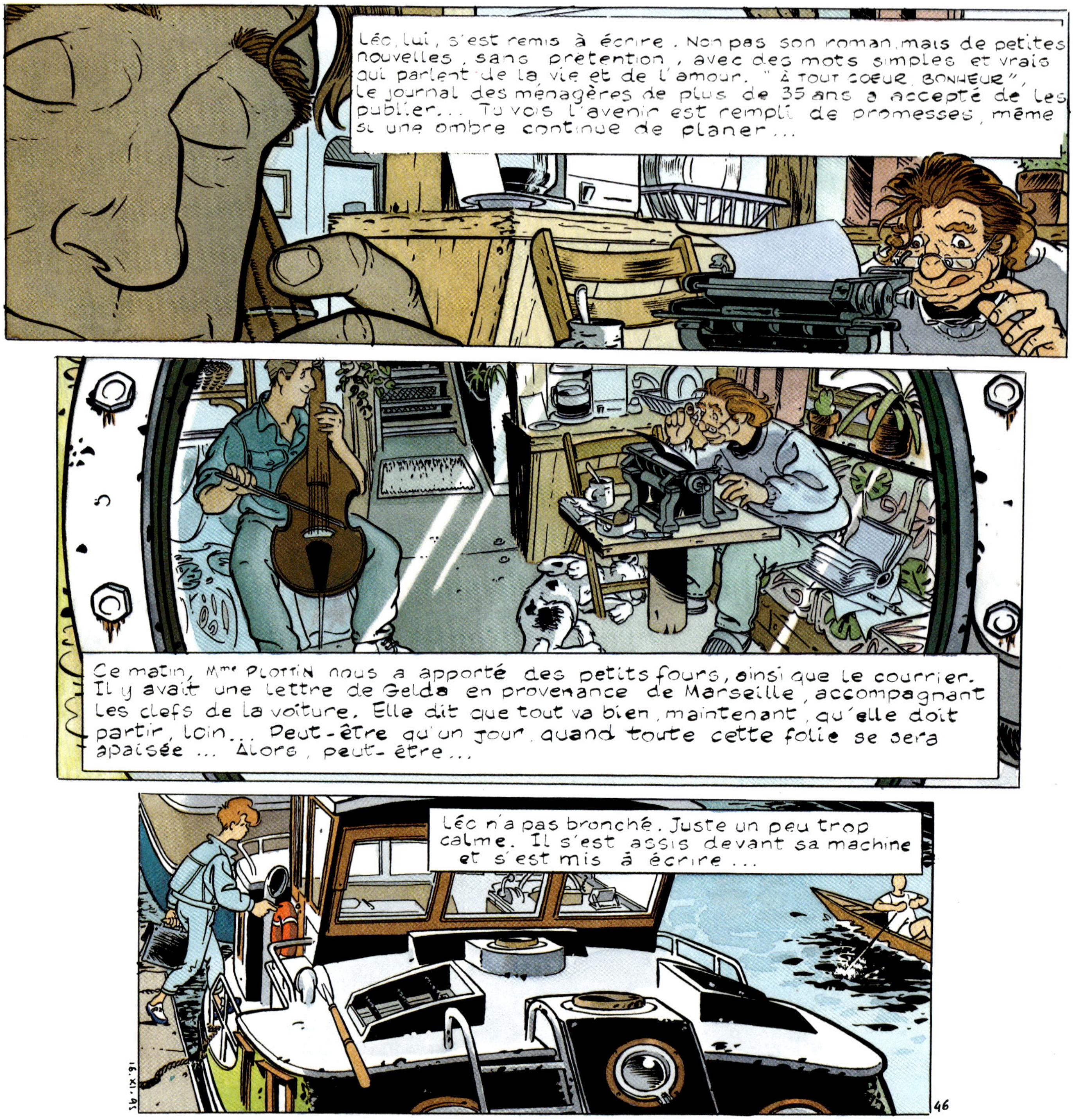

BAZILE

PLESSIX

Couleurs A.M d'AUTHENAY

fin de l'épisode